RODRIGO LACERDA

Vista do Rio

COMPANHIA DAS LETRAS

Copyright © 2022 by Rodrigo Lacerda

Grafia atualizada segundo o Acordo Ortográfico da Língua Portuguesa de 1990, que entrou em vigor no Brasil em 2009.

Capa
Raul Loureiro

Imagem de capa
Dois beija-flores (tesoura), de Efrain Almeida, 2014. Escultura em bronze policromático, 20 cm × 12 cm × 15 cm.

Imagens de miolo
Paulo Casé (pp. 6-7 e 127) e André Cypriano (pp. 94-5)

Revisão
Angela das Neves
Gabriele Fernandes

Epígrafes por Carlos Lacerda, extraídas de "O Rio já nasceu cidade".

Os personagens e as situações desta obra são reais apenas no universo da ficção; não se referem a pessoas e fatos concretos, e não emitem opinião sobre eles.

Dados Internacionais de Catalogação na Publicação (CIP)
(Câmara Brasileira do Livro, SP, Brasil)

Lacerda, Rodrigo
  Vista do Rio / Rodrigo Lacerda. — 1ª ed. — São Paulo :
Companhia das Letras, 2022.

  ISBN 978-65-5921-207-1

  1. Ficção brasileira I. Título.

22-102369   CDD-B869.3

Índice para catálogo sistemático:
1. Ficção : Literatura brasileira B869.3

Maria Alice Ferreira – Bibliotecária – CRB-8/7964

[2022]
Todos os direitos desta edição reservados à
EDITORA SCHWARCZ S.A.
Rua Bandeira Paulista, 702, cj. 32
04532-002 — São Paulo — SP
Telefone: (11) 3707-3500
www.companhiadasletras.com.br
www.blogdacompanhia.com.br
facebook.com/companhiadasletras
instagram.com/companhiadasletras
twitter.com/cialetras

Fura túneis insuspeitados,
alarga gargantas,
ultrapassa os morros,
e pula sobre as montanhas.

1.

Difícil, importar um beija-flor até o Estrela de Ipanema. Feito isso, o resto foi exatamente a parte boa. Sem ninguém saber. Virgílio enfiou-o dentro do liquidificador e encaixou a tampa. O bicho, a princípio, só se debateu um pouco, quase parado no ar.

Quando Virgílio apertou o botão — velocidade baixa —, aí sim vimos a primeira faísca de adrenalina riscar seu corpo minúsculo, metalizado de verde e azul. Assustado com o barulho da rotação das lâminas, ele aumentou o ritmo da batida de suas asas e a força dos choques que dava contra as paredes. Olhando o copo de plástico do liquidificador, eu o vi aflito. Olhando a tampa, reparei nas unhas e na palma das mãos de Virgílio, tão mais claras que o resto de sua pele. Dedos finos, o movimento aparecendo.

Qualquer passarinho serviria, mas não como os beija-flores. Espírito lúdico, gozo sádico e curiosidade científica perfeitamente integrados. Sempre gostamos dos animais.

Adorávamos os ratos comprados em loja, sedados e dissecados no quarto. O bisturi rasgava o couro fino de suas barrigas.

Saía um cheiro azedo, confundindo-se ao do éter usado na anestesia geral e na limpeza dos instrumentos. Adorávamos os girinos do aquário, fetos expostos e minúsculos, pretos, com olhos engraçados, transformando-se, ganhando patas como se fossem deformações provocadas in vitro, enquanto seus rabos diluíam-se lentamente. Ou as formigas que encostávamos em pedras de gelo, enrijecendo-as por um tempo, para depois botarmos para ressuscitar no sol, na beira da janela. Às vezes, com sucesso. E mais ainda o laboratório comportamental inventado por Virgílio, que montávamos na praça Nossa Senhora da Paz. Uma grande bacia com água até a metade, algumas pedras fazendo as vezes de ilhas, formigas de espécies diversas e gravetos-pontes. As formigas circulavam apressadas, retidas no arquipélago instantâneo, matando e morrendo pelo privilégio de devorar os cadáveres em que se iam transformando e as gotas de sorvete intencionalmente postas ali. Era comum o suicídio, com elas se jogando desesperadas na água.

Uma excitação. O corpo metálico, musculoso e pequeno, foi cansando. A carapinha de Virgílio parecia eletrificada. O verde dos olhos acendeu.

— Ele é forte — eu disse.

Virgílio não respondeu.

Sorrimos de nervoso, um sopro no coração.

Capítulo à parte, os gatos e cachorros da rua. Era divertido amarrá-los nos para-choques dos ônibus. Incapazes de acompanhar a velocidade, se embolavam nas patas, caíam e iam sendo arrastados pelo cimento afora. Ou sufocá-los com sacos plásticos, observando enquanto seus rostos iam embaçando numa careta. E, nas grandes ocasiões, incinerá-los com álcool e fósforo, pois eram sempre exuberantes no momento final. As chamas na caçamba de entulho vinham fácil. Jogada a vítima, tapada a fuga, Virgílio saboreava a contagem, enquanto os guinchos atravessavam as chapas de ferro, 5... 4... 3... 2... Ligados os pontos entre o medo, a antecipação e o fato, estava aberta a passagem para uma bola de fogo em disparada.

O bairro todo virou quintal. Ipanema, em tupi, é elogio? Quase esgotado, o beija-flor foi se entregando, largando, descendo. Desistir começou a ser uma opção. Bastou o rabo encostar nas hélices, contudo, que suas energias voltaram. Com sorte roto, com azar já ferido, o bicho subiu de novo. Suas asas ocuparam um espaço maior que elas, num frenesi que só o medo da morte é capaz de provocar. Convulsão, taquicardia, e os olhos pretos, do tamanho de uma cabeça de alfinete, ganharam expressão. Ele se debateu contra a tampa e as paredes de plástico, à sombra de Virgílio, que, satisfeito, retapava o liquidificador.

O segundo botão fez as hélices girarem imediatamente mais rápidas e mais gritantes. O barulho de motor doía nos ouvidos.

— Se fosse um escorpião já teria se matado — disse Virgílio.

O pássaro nunca poderia ter imaginado. As flores eram de plástico, a água, adoçada artificialmente, a sombra, armadilha; seu mundo inteiro o traiu.

Era natural que ele caísse. Desabou. As lâminas emudeceram por um instante. Quando a força de seu giro afinal venceu a resistência, jogaram contra as paredes de plástico uma pasta grossa e molhada, vermelha escura — algumas penugens metalizadas ainda vagamente identificáveis; partes duras, alvas, moídas, no meio da coisa —, e o barulho do motor, um pouco só mais grave, retomou o volume normal.

*

Eu li — vou logo avisando — que os verbos *bin*, ou ser, e *bauen*, construir, eram um só no alemão arcaico. Eu li. Digamos, por uma questão de prudência, que ambos têm apenas a mesma origem etimológica, mais arcaica ainda, ou, enfim, são aparentados de alguma forma distante (no mínimo, têm menos de seis letras e começam com b, e para o leigo isso já implica semelhança que chegue). Sem falar na mistura básica entre ser e estar.

É um carma, uma existência inescapável, dinâmica e mutuamente determinante entre o entorno, a casa e a pessoa. Seja para o marginal sanguinário, cercado de metralhadoras no último barraco do morro, ou para o corrupto federal, peidando dinheiro numa cobertura maravilhosa, o carma vale. Aplica-se ao povo brasileiro, cujos extremos da pirâmide social acabei de citar, mas é sem dúvida um fenômeno humano.

Aparece em conjuntos decorativos, explicitado, ou em pequenos detalhes, nas desimportantes seleções cotidianas, quase imperceptíveis; por exemplo a ordem dos livros numa prateleira. Surge nas sombras, no efeito da lâmpada que acende e apaga, nos propósitos arquitetônicos, nos limites humanos, na filosofia de vida, no espírito da época. É um trânsito sutil, lento e poderoso.

Não por acaso, para mim e Virgílio, todo o bairro de Ipanema nasceu à luz do prédio onde morávamos. Prudente de Moraes, 765, entre Montenegro e Joana Angélica. A cidade e o mundo vieram depois. Não por acaso, também, o Estrela de Ipanema impregnou-me de sua urgência vital. Defendia a linha reta como a melhor maneira de unir dois pontos. Jamais como separadora de planos. A multiplicação infinita deste princípio da divisibilidade não estava prevista, e nem a famosa fórmula de Virgílio:

MATEMÁTICA DO CAOS × CAOS DA MATEMÁTICA = LÓGICA PURA
LÓGICA PURA =

Não existiam incertezas sistêmicas. Portanto, para cumprir minhas rotas e atender à urgência do cronômetro estelar, eu focalizava um destino e saía correndo. No puro reflexo, ia pulando os acidentes geográficos do calçamento e desviando das coisas e das pessoas. Louco para chegar antes da hora, em tudo. Quando não chegava antes, era tarde demais. Estava na minha mão. Conhecidos, os poucos ágeis o suficiente para discernir meu vulto apressado, só depois, em outras ocasiões, tinham chance de registrar o pseudoencontro. Eu rebatia as piadas na família, acusando:

— O mundo é que é devagar.

O Estrela de Ipanema também afetou bastante a Virgílio. Chego lá.

Antes, é dizer que nosso preceptor era antenado, veloz e cosmopolita. No bairro, posso afirmar sem susto, não tinha rival. Nem no país. Ganhou o prêmio do Instituto de Arquitetos do Brasil, 1969.

Sua audácia impunha respeito, expressa na tal fixação por linhas retas, nos ângulos arrojados e nos materiais, sempre ligeiramente alterados para melhor. Tudo isso combinado a uma flora muito particular e bem escolhida. Um show de originalidade, firmeza e elegância, diferente dos prédios que abusavam do moderno e da natureza antes de dominá-los por completo.

A própria demarcação do terreno já era triunfalista. Valas rasas e estreitas, de uns quinze centímetros de largura e preenchidas com cascalho conglomerado, quadriculavam todo o piso externo, diferenciando-o da calçada pública. Rasgavam no chão um imenso tabuleiro de xadrez, em que todas as casas eram cinza, cor de cimento cozido.

A arquitetura do futuro chegava, organizava e dominava, talvez expressando os mesmos humaníssimos desejos de sempre, mas com inédito poder afirmativo.

*

Virgílio voltou antes da hora. O elevador parou em dois andares, mas ninguém abriu a porta. Chegando em casa, foi direto à cozinha beber água. O sol ia morrendo lá fora, embora o calor ainda fosse grande. Um bilhete na bancada da pia, da empregada para o marido, anunciava o supermercado. Virgílio chegara até ali sem se preocupar em ser silencioso, mas também não se preocupando em fazer barulho.

Alguma coisa, abafada e sutil, estava no ar. A porta de vidro jateado, entre a cozinha e a área de serviço, totalmente aberta. Passando-a, ele viu, perfiladas à direita, ao longo da parede de tijolos, as três portas-venezianas que protegiam os quartos dos empregados. Nada se via através. A primeira, contudo, entreaberta, deixava à mostra uma televisão em preto e branco, desligada, e a tábua de passar, ao lado de uma cadeira cheia de lençóis e roupas empilhados. Não tinha ninguém ali. Virgílio ouviu o pio de um passarinho. A segunda porta estava fechada, mas ele sabia de cor o que estava do outro lado. A cama do casal no meio, o crucifixo simetricamente dividindo o espaço acima dela, e as páginas de revista coladas nas paredes como decoração. Continuou, o som não vinha dali.

Virgílio pensou no cachorro, no barulho que fazia ao roer as coisas. Não era igual. Intrigado, abarcou num olhar a área de serviço do apartamento, toda enfeitada pelos vasos de samambaia da Fátima e pelos canários engaiolados do Jairo. Ela conversava com as plantas. Ele adorava os passarinhos. Lembravam-no do Ceará e do pai, morto antes da vinda para o Rio de Janeiro. O Estrela de Ipanema, afirmativo que fosse, abrigava afinal alguns corações nostálgicos. A cozinheira e o motorista, casados, pareciam gozar de uma felicidade pré-industrial, recebida de graça e não como prêmio. Tinham um filho; Miguel, doze anos. A vida era estável e simples.

Fátima era uma baiana alegre, com sorriso de mulata forte. Sempre havia sido cheia de corpo, mas agora, beirando os quarenta, arredondara de vez. Aprendera a cozinhar como quem é gênio: sem regra. O bom humor e seu talento faziam a diferença.

Jairo era um cearense alourado, baixo, troncudo, de mãos grandes. Tinha o temperamento mais sério que o da mulher, e justamente por isso vivia de quatro por ela. Ria sempre, ora embevecido, ora fingindo que desaprovava suas loucuras. Era discretamente bom. Escondia uma peixeira no carro, embaixo do banco do motorista, por pura machice sem consequência, ou mera evocação do agreste. Delicado, tratava os passarinhos com zelo paternal, trocando diariamente a água das gaiolas, compondo uma alimentação adequada para cada fase de suas vidas. Tinha-os de várias cores — amarelos, verdes, marrons e pintados —, todos com os bicos curtos e incisivos da espécie. Acariciava-os, dava-lhes comida na boca, falava com eles. Sabia exatamente quando os amedrontava como um gigante assustador, ou quando era o momento de esticar sua mão e deixá-los vir, convencidos. Estando em casa (no apartamento), sem serviço, ia sentar na janela da área, silencioso, tomando com gosto o café que Fátima passava, e deixando que as aves minúsculas o levassem para muito longe. "Os machos cantam mais e melhor que as fêmeas" — dizia, explicando quem era quem no emaranhado de gaiolas. Eu e Virgílio nunca aprendemos a distingui-los. Nem pelo canto, nem pela cor; e misturávamos os nomes. Jairo nunca desconfiou de nossa queda por beija-flores.

A brisa marítima, ao entrar pelo décimo primeiro andar, balançava sutilmente as pequenas jaulas, e os canários quicavam de um poleiro a outro. O fim da tarde pintava o céu de rosa e laranja. O morro Dois Irmãos, ao fundo, recortava um perfil de sombras no horizonte. As aves piaram rapidamente, todas ao mesmo tempo, conspirando, e Virgílio deixou de escutar qualquer outra coisa. Ficaram quietas, então.

No terceiro quarto, o que de cara atraiu seu olhar foi a bunda de fora. Bonita, pensou. Depois, vendo que era de homem, reparou na calça abaixada, nas costas, nos braços musculosos. E nas mãos, segurando carinhosamente as ancas magras de um menino; arranques lentos, ritmados, mal se deixando imprimir pelos dedos.

Virgílio, de onde estava, não viu nitidamente os rostos, mas os corpos estavam calmos, em pé, distendidos, exalando o vapor morno de suas respirações. O filho com as pernas abertas. O pai, Jairo, beijando seu pescoço.

*

Bolhas de refrigerante, estouro de pipocas. Balões de gás amarrados aqui e ali. As crianças brincando, sem pensar na vida. O sol ardendo-lhes na cabeça. O peito aberto, o coração no pé. Uma bola quicava no cimento e elas corriam atrás, aos gritos e ao som das caneladas. Alegria de domingo num subúrbio à tarde. Muros enfeitados.

Virgílio abandonou discretamente o pátio. Trancou-se numa cabine do banheiro, abaixou a tampa da privada e sentou. Abraçou os joelhos, em silêncio. Não conseguia chorar. Aos sete anos de idade, era magro toda a vida. Fechou os olhos com força. A solidão parecia crescer a sua volta, como círculos na água de uma piscina. Imaginou a mãe. Mergulhou. De repente, emergiu. Não quis mais pensar. Abriu os olhos e leu, desordenadamente, na porta e nas divisórias do seu esconderijo, todos os rabiscos safados que pôde. Dele, dos amigos e de muitos outros meninos que haviam passado por ali. Pensou na hora marcada, nos adultos que logo o estariam esperando. O caráter proposital do sumiço ficaria mais óbvio a cada minuto.

Mas a senhora insistia. Voltava. Cobria-o de agrados. O homem, mesmo sendo mais seco, também aparecia. Virgílio fez figa para que desistissem de tirá-lo dali. Ficava de cabeça baixa, intimidado, monossilábico, lançando olhares compridos ao pátio, falando para dentro. Em pouco tempo, sua reação os deixava sem saber o que fazer para continuar, constrangidos, magoados ou irritados, hostilizando-se uns aos outros.

O homem era muito alto. Muito peludo também; os braços, a nuca, a testa cheia de sobrancelhas e o bigode bem preto. Tinha voz grossa e relógio de ouro no pulso. Não entendia o silêncio e a indecisão do menino. Depois daquela festa, com certeza absoluta, qualquer outro os aceitaria. Tudo, de hoje para sempre, tudo pago. Só Virgílio, fechado por dentro, tinha medo. O homem — Virgílio estava seguro disso —, se é que sentia alguma coisa por ele, fazia-o pelos motivos errados. A senhora parecia sinceramente magoada com sua hesitação. Será? Aquela insistência toda, em vez de confiança, dava-lhe arrepios. Leilão, concurso, loteria, roleta; conhecia o tipo de sorte que abandona. Não acreditava em mais aquele amor que nascia do nada.

No refeitório, sentados em volta da mesa, os adultos já estariam ansiosos. Talvez até perturbados pela falta de assunto, incomodados com a imobilidade dos objetos, que os observavam criticamente; uma jarra de suco, um açucareiro, uma travessa com bolo de cenoura e uma garrafa térmica. Outra tarde calculada. E dessa vez a assistente social tinha avisado, o menino precisava decidir.

Então as babás apareceram, encontrando-o na privada. Olhos vermelhos, cabeça baixa, nariz escorrendo, coragem de brinquedo. Havia chorado, afinal. O medo de ser recusado equivalia ao de ser aceito. A cor que regia a autoestima oscilava. Ele tão marrom, cabelos pretos encaracolados, e apesar dos olhos verdes. A senhora tão branca, que ao vê-lo chegar tirou um lenço da bolsa, bordado, e limpou seu nariz, pedindo-lhe ainda que assoasse, duas vezes. Depois guardou o lenço na bolsa. Ela sorria muito, apesar do nervoso.

A senhora perguntou se lembrava do nome dela e do marido — Virgílio, sem levantar o rosto, disse que sim —, e depois de qual brincadeira tinha gostado mais. Esta pergunta fingiu que não tinha ouvido. Ela repetiu. E ele, com meia sinceridade: "Não sei". A senhora pegou sua mão. Ele hesitou, mas consentiu. O homem ficou só olhando, mudo. Depois de um tempo, delicadamente, ela trouxe Virgílio para o colo. Um tropel de crianças passou pela cantina, assustando-o. Não queria que o vissem ali. A senhora o abraçou de novo. A assistente social e a diretora puxaram um assunto qualquer. Algum diálogo acabou acontecendo. As paredes do refeitório estavam decoradas com os trabalhos dos meninos nas aulas de arte. Barros, desenhos, colagens, móbiles e maquetes urbanas feitas com embalagens de iogurte, comprimidos e caixinhas de fósforo. A cidade real era uma fantasia, uma assombração desconhecida. Que se lembrasse, junto com os outros internos, saíra apenas em excursões dirigidas; ao zoológico, ao Parque da Cidade, à Quinta da Boa Vista e ao Aterro do Flamengo. Não era a mesma coisa. Alguns de seus amigos conheciam-na muito bem, dos tempos de rua, e contavam coisas. Virgílio não sabia se falavam a verdade.

A senhora disse que não podia ter filhos. Ele escutou de cabeça baixa. Não a amava, mas sentia nela um cheiro bom. Ouviu-a explicar como também havia nascido pobre.

Trouxera-lhe um chocolate; americano, recheado de amêndoas e caramelo. "É a primeira vez que você sorri."

O homem, nessa hora, mostrou a foto de um quarto de criança; televisão, paredes pintadas de azul-claro, ar-condicionado, cama larga, armário de brinquedos e uma bicicleta no meio. Virgílio me contou.

2.

Virgílio cada vez mais era ele próprio, nu e cru, de cabo a rabo (quantos duplos sentidos ele enxergaria nessas expressões; trocadilhos infames ou palavras como peido, piroca, chulé e xereca, sempre o fizeram dar uma risadinha). Desde cedo, um escapista irônico, inteligente, ousado, malicioso, ácido, frágil, desconfiado da parte boa de seu caráter. Coisa de quem disfarça sem papas na língua. Sabendo e não sabendo lidar com as pessoas. Sabendo e não sabendo do que são capazes. Eu, antigamente, era bem mais otimista que ele. Precisava nunca perder inteiramente a crença na bondade primordial da natureza humana. E acho que não perdi mesmo, por incrível que pareça. Podres incluídos, com críticas aos rumos da civilização e tudo. Inteiramente, não perdi. Por deformação original, por força dos determinismos biográfico-estelares, e apesar das evidências materiais. O fato é que ainda acredito. Do contrário, nada me impediria de sair estrangulando criancinhas, empalando tetraplégicos e dando tiros na cabeça das pessoas. Ou essa índole positiva existe, intrínseca, ou não haveria felicidade possível nem a longuíssimo prazo. Os esforços individuais de autossuperação estariam condenados ao fracasso. As melhorias no funcionamento da sociedade seriam relativas e, em última instância, inúteis.

"Atenção, atenção, sr. Marco Aurélio", Virgílio dizia, me gozando, quando eu estava errado e intransigentemente me achando certo, ou quando era exageradamente otimista, "Comparecer ao divã, à diretoria, ao guichê, ao Juizado, à delegacia, à Receita Federal, à casa da mãe dela, para ouvir suas verdades, ou, veja bem, quer dizer, isto é, suas mentiras, ou melhor...", e ia por aí, gozações longuíssimas, espichadas ao infinito.

Ele brincava, e eu aceitava, por ter sempre entendido as brincadeiras como um sinal de amizade. Um simples sinal de amizade. Elas fizeram com que eu relativizasse primeiro minhas convicções, me desligando antes das certezas exacerbadas que o Estrela de Ipanema inspirava. É fato. Bem antes que o próprio Virgílio, por sinal.

Olhando assim, eu é que traí a arquitetura moderna brasileira. Eu é que falhei com meu amigo. Sem conseguir brincar com coisa séria, como ajudá-lo a se precaver contra os perigos da onipotência? Sem conseguir convencê-lo de que todo homem é sincero, mesmo quando mente — daí a tragédia da espécie, mas daí a bondade intrínseca —, como fazê-lo abrir mão de sua impetuosidade radical?

Nunca descobri essa resposta.

Se falhei, tive meus motivos. Pedir perdão é que não adianta. Os convictos e determinados como ele não perdoam igual. Eu peço, então, sem pedir, pedindo perdão a mim próprio.

Agradeço aos convictos e determinados, quando promovem o bem-estar geral, fazendo as grandes figuras; personagens da vida pública, intelectuais, cientistas, grandes visionários, grandes talentos, e indivíduos empreendedores, verdadeiros operadores de milagres biográficos. Agradeço, admiro e até sirvo. Apenas, cá pra mim, acho que eles são os iludidos no final.

Juro; hoje, agora, se alguém me desse a chance de nascer de novo, oferecendo uma vida repleta de grandezas e verdades sólidas, eu diria: "Não, obrigado". A generosidade é mais comum nos não vencedores (que não são necessariamente perdedores). "Muito humilde, e visceralmente orgulhoso dessa humildade", foi assim que Virgílio me descreveu certa vez. Eu e ele aprendemos a nos definir, a saber quem éramos e como víamos o mundo. Aconteceu, natural e dolorosamente. Também faltou sincronia no aprendizado.

No fim, se alguma coisa no meu amigo ficou diferente, é que o senti então mais doce. Nas entrelinhas, nos silêncios. Ou estava mais fraco, ou mais doce.

*

Eu acompanhei Virgílio na chegada ao hospital. Estávamos tranquilos, não havia razão para alarme. Ele viera com uma pequena mudança, não tanto com malas de roupa, claro, pois se tudo desse certo sairíamos rápido dali, mas sim com uma quantidade de livros e CDs muito acima do normal, além do respectivo aparelho, dos headphones eventualmente necessários e de um computador portátil. Este e a biblioteca explicavam-se porque tinha um trabalho a fazer. Pretendia aproveitar o tempo de molho. Eu, livre de maiores compromissos profissionais, cheguei praticamente de mãos abanando, pois planejava ficar indo sempre em casa, onde trocaria de roupa, tomaria banho, respiraria.

Se fiquei nervoso por algum motivo, foi graças a minha aflição normal toda a vez que vou fazer um check-in ou postular uma vaga em qualquer coisa que seja; hotel, avião, clube, empreendimento, a cama de alguém, hospital etc. Gostaria de dizer, como o Groucho Marx: "Sempre desconfie do clube que te aceitar como sócio", mas na verdade o meu medo é mesmo o de não ser admitido, por atraso, por falta de documentos e/ ou de qualificações pessoais.

Uma vez no quarto, Virgílio arrumou seu minicosmos cultural, deitou na cama, ainda com a roupa da rua, e ligou a televisão. Eu sentei num daqueles odiosos sofazinhos de acompanhante, ao lado da pilha de lençóis que à noite fatalmente iria usar. Pensei naquela situação, espantado com a vida.

Havia um banheiro anexo, e uma grande janela atrás do sofá onde eu estava, que trazia o ar e o barulho da cidade até perto de nós. Para enfrentar o momento, apanhei um folheto numa mesinha ao lado. Em letras grandes, e na primeira página, a pergunta era quase transcendental: "Você sabe o que é humanização?".

Realmente é esforço considerável pensar num hospital de maneira positiva; não como lugar de doença e sofrimento, mas de cura e prevenção. Acho que os técnicos do Ministério da Saúde estão pedindo demais de mim. Nem eu consigo ser tão otimista. Outro dia li uma frase (tenho mania de memorizar frases que julgo lapidares...): "Não sou nem otimista nem pessimista. Entre mim e o mundo não há nenhum mal-entendido". Entretanto, concordo que o avanço tecnológico da medicina virou obstáculo ao relacionamento direto entre médicos e pacientes. Hoje em dia, poucos são os médicos com poder de observação, que não se baseiam em exames sofisticados para te dizer que você está resfriado. Olho no olho, jamais. E se nem assim conseguem fazer o diagnóstico, saem-se com a tal da "virose inespecífica". Quando criança, por exemplo, acordei um belo dia com um buraco mínimo no peito, dentro do qual eu sentia fisgadas incômodas. Minha avó materna me levou ao pediatra, que me recomendou a outro especialista sei lá de quê, ambos fizeram exames de ponta, e simplesmente não conseguiram dizer o que era. Enquanto isso, as pontadas incômodas viraram dolorosas, e depois evoluíram para o estágio de lancinantes. Perguntada sobre o assunto, a simplória Madalena, faz-tudo da casa de Virgílio, mistura de antiga babá, governanta e sombra, pontificou e acertou, literalmente, na mosca: era berne. Tinha um bicho me comendo por dentro.

*

— O que você vai fazer?

— Contar, M. A., claro, contar sempre.

Ele não hesitou nesse ponto. Um pai enrabando o filho era motivo de sobra. Mas quando perguntei *para quem* contar, já antecipava as dificuldades. Estava sozinho na casa; tinha idade para isso, do alto dos seus quinze anos. Os pais, sumidos em viagem de trabalho, cumprindo a agenda que o capitalismo social imprimia nas suas vidas. Madalena tirara duas semanas de férias, que ainda não haviam terminado.

Meu tio Júlio não tinha sensibilidade, tinha convicções. Lia três jornais antes das nove e meia da manhã. Vivia ocupado, administrando os negócios e as casas que tinha, escolhendo algum empregado sobre o qual descarregar sua energia. Com a família, preferia evitar conversas "não produtivas", na certeza de que, "Quando se fala de amor, ou ele está em falta ou em demasia". Enfim, tinha um temperamento combativo demais para ser o primeiro a saber.

Tia Clara seria a opção lógica. Era dona da casa e mãe, afinal. Adotiva, porém mãe. Tinha mais coração. Talvez conduzisse a crise sem traumas. Só que vivia sintonizada no marido e, como o resto da humanidade, estava sempre aflita em agradá-lo.

Como contar? Outro problema. Direta ou indiretamente? E se os pais duvidassem de sua palavra? Madalena, por conhecê-lo melhor que ninguém, talvez pudesse ajudá-lo nesse caso. Mas a reação deles continuava imprevisível, totalmente.

Complicando tudo um pouco mais, havia a forte ligação entre meu tio e quem quer que trabalhasse para ele. Subestimá-la seria fatal. Quanto mais carregado o temperamento do patrão, aos olhos dos empregados, quanto mais idiossincrático, mais respeito ele merecia. Tinham consciência de que era exigente no serviço e gritava demais. Em seus bons momentos, contudo, oferecia--lhes condições de trabalho vantajosas, pagava despesas médicas inesperadas, fazia-lhes empréstimos e ainda, quando voltava de alguma viagem, agradava a seus favoritos com presentes melhores que os de qualquer outro patrão. No autoritarismo e na obediência recompensada, ele e os subordinados se comunicavam.

O próprio Jairo chegara ao Rio, e à sede da empresa, uns catorze anos antes, sem nada no bolso e com uma esposa para alimentar. Foi registrado como motorista. Fez o serviço e se deu bem, virando o chofer particular do proprietário. Conheceu o Estrela de Ipanema por dentro. Conquistou meu tio sem ninguém saber exatamente como. Pouco tempo depois sua esposa também acabou aproveitada, na função de cozinheira. Minha tia e Madalena não cozinhavam, mas, até então, reinavam absolutas no pedaço. Fátima ganhou-as com seu jeito expansivo e risonho, operando o milagre. Um dia, sem perguntar nada a ninguém, meu tio resolveu adotar o casal, e trouxe-o para morar no andar de serviço do dúplex.

Fidelidade e puxa-saquismo são opostos idênticos por fora, lógico, mas, se fosse só isso, se não houvesse uma troca real, e positiva, entre meu tio e os empregados, sua morte, anos mais tarde, não os teria feito perder tanto o rumo. Enquanto eu acompanhei, eles se afogaram em nostalgia. Muitos se aposentaram, cabisbaixos. Um virou chantagista. Outro morreu de câncer no espaço de poucos anos.

O respeito pelo patrão aumentava ainda na medida do sucesso obtido em seus negócios. Volta e meia aparecia no jornal, metido em questões plutocráticas; ficava óbvio nas amizades importantes, muitas da política. Estas, para delícia dos empregados, eram convidadas para fins de semana no sítio (sabendo usar, beira de piscina é arma). E eles se divertiam servindo a figurões em trajes de banho; flagravam-lhes as gorduras e celulites, as bebedeiras e brigas, risos e traições conjugais. Além disso, as copeiras, volta e meia, haviam de receber um elogio dos convidados, que a carne é forte e essas coisas acontecem. Mas todos, homens e mulheres, de alto e baixo escalão, em proporções apenas diferentes, ganhavam gorjetas e prestígio pelo simples fato de gravitarem em torno de meu tio — motoristas, arrumadeiras, jardineiros, faxineiras, caseiros, meeiros, boys, diretores, secretárias, gerentes, assessores, advogados e por aí vai. Ele oferecia-lhes chances raras na vida. Sentiam-se mais felizes trabalhando para alguém tão poderoso; mais próximos dos donos do país, vivendo uma existência menos humilde. Sentiam-se privilegiados também.

Virgílio sabia disso.

Portanto, delatar Jairo, empregado a quem meu tio mais dava intimidade, era um risco. E para Virgílio, notório inventor de histórias, tornava-se ainda mais perigoso. Ele sabia.

Mesmo assim, não conseguiu esperar. Acabou sucumbindo à precipitação e contando tudo para a mãe, por telefone. Foi o erro. Minha tia não achou graça, não acreditou em uma vírgula, por mais que Virgílio tenha jurado sobre os detalhes, para impressionar. Certas coisas, só pessoalmente. Daquele jeito, ela achou mais fácil não ver, não acreditar, não agir, não atormentar o marido. A personalidade de meu tio interferira além do que imaginávamos em seu comportamento — a voz grossa, manipulada com perícia, a força de suas iras incontornáveis, o mundo glamouroso em que sua competência e o dinheiro os foram colocando. Tia Clara era carinhosa com o filho, comigo, com todo mundo, mas, pelo carisma e pelo medo, o marido impunha-se como eixo maior. Isso nunca havia ficado tão óbvio. Sinceramente, não acho que sua omissão tenha determinado qualquer coisa. Mas a quebra de confiança, esta sim, marcou Virgílio pela vida afora.

Propus contarmos a meu pai, para que ele conversasse com minha tia. Virgílio não quis metê-lo na confusão. Preferiu aguardar e cooptar Madalena quando voltasse de viagem, na esperança de que, com ela a seu lado, a credibilidade da notícia pelo menos aumentasse um pouco. Nos dias seguintes, ficou alerta. Se acontecesse de novo, queria saber. Estava impressionado, chocado mesmo, com a atitude de Jairo. A visão do corpo de Miguel, porém, e a suavidade de sua entrega, intrigavam-no ainda mais. Dizia-se perturbado ao lembrar de alguns detalhes involuntários; o cabelo claro do menino, as sardas nas costas, seus braços esguios e mãos de dedos finos, suas pernas sem pelo, e a bunda, branca como leite.

Quando enfim Madalena chegou, Virgílio, para meu espanto, não quis contar nada. Jurou que era tudo invenção, riu, negou. Acabei acreditando. O próprio Miguel teria lhe pedido que não contasse, me explicou depois. Se a mãe ficasse sabendo, se os patrões se convencessem da verdade, ele acabaria tendo que ir embora dali. Sedutor, Miguel afirmara não querer isso. Nascera naquela casa, a mãe e o pai ali viviam felizes, e finalmente ele tinha com quem experimentar, em estado puro, o que sentia sendo penetrado.

*

"Antes da medicina virar ciência, talvez ela fosse mais humana", disse Virgílio. "Afinal, por mais que um oráculo e um adivinho lidem com o sobrenatural, eles ainda me são mais próximos do que uma ultrassonografia computadorizada." Nisso ele tinha razão. Mas, também, chega a ser esdrúxulo tentar humanizar um saber que, entre os deuses e nós, precisou de um centauro como intermediário.

No equivalente grego dos hospitais, quem mandava eram sacerdotes, havia uma fonte sagrada para os rituais de purificação e para os sacrifícios encomendados pelos doentes. E havia ainda o *abaton*, onde estes eram isolados à noite para, em estado febril, durante o sono, receberem algum sinal divino, ou terem alguma visão ou sonho suscetível de interpretação que indicasse o caminho da cura. Lembrei disso lendo o tal folheto sobre humanização hospitalar. Pensando bem, se fazia sentido a autossugestão em prol da cura, estimulada pelas práticas curativo-religiosas, melhorar a imagem do hospital poderia de fato ajudar. Comentei isso com Virgílio. Ele pegou o folheto de minhas mãos e olhou-o com um ar cético. Leu um pedaço em que eu ainda não havia reparado:

— "A humanização tornou-se tão importante nos dias de hoje que transcendeu o ambiente hospitalar. É preciso humanizar o mundo".

Bastou o tom da sua leitura para explicitar o que tinha achado do meu panfletinho.

3.

Três bonitos canteiros, entre a calçada e a portaria. À noite, eram iluminados de baixo para cima por holofotes pequenos, escondidos em semicaixas de concreto, uma em cada canto. Faziam bons banquinhos improvisados, para eu, criança, sentar e esperar meu pai enquanto tirava o carro da garagem, ou o motorista de minha avó passar para me buscar.

A simetria rigorosa daqueles canteiros, e a imagem que temos na cabeça de tantos outros mais convencionais, também feitos com grama, plantas e pedras, retardavam o efeito bizarro do paisagismo. Subliminarmente, porém, os canteiros frontais do Estrela de Ipanema exigiam um segundo olhar, e aí o estranhamento batia.

Para quem nasce na cidade, o que é feito pelo homem é que é o natural: "selvas de pedra", "ronco de motores". Naquele prédio, as utopias urbanísticas dos anos 60 eram mesmo levadas a um surpreendente paroxismo, até nos canteiros.

O que se via era um cenário concebido no laboratório de algum paisagista conceitual. Muita casca, muitos espinhos, consistências duras e formas agudas; pitas, bromélias, cactos e espadas-de-são-jorge. É o que me lembro. Até aí, tudo bem. Nas pedras é que vinha o toque realmente inusitado. Se as plantas eram rígidas e secas, as pedras eram macias, arredondadas e fluidas. Horizontais, espalhadas aqui e ali, pareciam estar se desmanchando na grama.

E quando, após o estranhamento com os canteiros, se analisava o Estrela de Ipanema propriamente dito, via-se que o conjunto e todos os seus componentes arquitetônicos, em perfeita sintonia, reafirmavam a superioridade indiscutível do intelecto e da civilização. Suas bases eram todas aparentes, de concreto armado. Um concreto cheio de si. Algum tipo de verniz revestia-o com uma discreta, mas óbvia, casca asséptica, brilhante, que transformava a índole do material em coisa nobre, do futuro. Se Brasília, tadinha, era apenas um avião, o Estrela de Ipanema flutuava no espaço. A massa do edifício era sustentada por oito pilastras, de linhas velozes e constituição sólida, triângulos com a base para cima. As estruturas do prédio ficavam aparentemente leves, sem peso. Estação intergaláctica em plena flutuação orbital. Nave-mãe iluminada, imensa.

Este nosso país indefinido, desordenado e abundante, não inspirava a arquitetura do futuro, tão rigorosa, tão avessa a conformismos e hesitações. Nem querendo. Era ela que inspirava o Brasil. (Se não imprimir nossas marcas culturais em todas as formas construtivas fosse crime, pegaríamos prisão perpétua no barroco.) Num primeiro momento, portanto, a trinca improvável — samba, futebol e arquitetura moderna. No segundo, a ser antecipado custasse o que custasse, uma trinca bem mais virtuosa — progresso técnico, desenvolvimento social e felicidade. Os discursos e as práticas estelares adotados coletivamente.

O Estrela de Ipanema era bem mais que um projeto de arquitetura, concebido sobre uma prancheta, com lapiseira, borracha, régua, esquadro e papel vegetal; era mais até que um simples corpo no espaço. Um sonho para o país. O futuro prometido.

*

Após cada discussão matinal, com mínimas variações — segundo Virgílio —, ela segurava a xícara e o pires com um resto de elegância espontânea, esperando a certeza de que haviam mesmo chegado ao fim. Esforçava-se para não tremer. Meu tio, fazendo algum barulho de irritação, punha firme as notícias no ar. Virgílio, quase sempre o motivo da briga, evaporava.

Ao descobrir, meses depois do primeiro aviso, o que ocorria entre Jairo e Miguel, Miguel e Virgílio, minha tia repensou muitas coisas em sua vida. Jamais crucificou os meninos, imitando o exemplo de Madalena e ignorando as diretrizes do marido, "ultrajado", "enojado". Esta desobediência, ainda que pacífica, foi uma primeira manifestação de mudanças gerais em seu comportamento. E ela, à medida que mudava, foi se desinteressando da rotina de meu tio. Abriu-se para outras pessoas, pensamentos e hábitos. Os jantares formais, as cerimônias, sempre muito importantes na estabilidade do casal — isto é, na felicidade, porque estável o casamento revelou ser de qualquer jeito —, tornaram-se demandas infinitas de autocontrole, cansativas, desumanas. Amigos e contatos, lamentavelmente, eram sinônimos para o marido. Suas amizades duravam o tempo de um negócio. Terminada uma parceria empresarial, outro negócio, outro círculo de amizades, outra rodada de jantares e fins de semana à beira da piscina. Minha tia sempre soube que seria assim, e, até ali, nunca havia deixado de participar, de ajudar, fazendo-se apreciada pelo ar amoroso, pela conversa delicada ou, quando necessário, intuitivamente perspicaz. Era culpa sua, portanto, inegável; ela e meu tio foram perdendo contato nesse ponto. Gradativamente, deixou de frequentar até as "chiquérrimas e bem-nascidérrimas", como Virgílio chamava suas amigas.

Naquelas manhãs de briga, afetando displicência, tia Clara apanhava um caderno qualquer do jornal. Não que pudesse ler realmente. O choque da convicção com a culpa era forte demais. Apenas escondia o rosto, olhava pela janela. O marido cobria-a de coisas boas e ruins, era assim para todos. Nunca havia sido de outra maneira. O problema vinha dela. O estalo ocorrera por dentro. Mais forte que qualquer conveniência externa. Ainda o respeitava, claro, e mais, o admirava, só que já não cegamente. Assustara-se com o erro da paixão exacerbada, com a autoanulação de sua capacidade de julgamento. E se recriminava por isso.

Fátima às vezes entrava com um suco feito na hora, ou com os ovos cozidos do patrão. Minha tia, por trás do jornal, respirava fundo e engolia o choro, procurando forças.

Encontrou-as, em parte, pois seu papel na casa mudou junto com seus sentimentos. Ainda que tenha continuado obediente ao marido, e aceito a traumática e indiscriminada expulsão de Jairo, Fátima e Miguel, no tocante a Virgílio adotou uma postura hipercompreensiva. Relevava tudo: o bissexualismo precocemente declarado, as bombas escolares, os desacatos, as inconsequências etc. Sempre diminuía o impacto dos castigos. E quando meu tio desistiu de castigá-lo, no verão de 1987, deu força para o filho fazer o que bem desejasse da vida. Quase sempre em segredo, proporcionou-lhe todo o dinheiro de que um jovem idealista poderia precisar. Pagou inclusive a produção de seus primeiros amadorismos teatrais. Tornou-se uma devedora, no fundo, graças ao remorso que sentia por haver falhado naquele telefonema crucial. Virgílio chantageava-a várias vezes por mês, quase sempre conscientemente. Estivesse morando em casa ou não, recebia. Às vezes, nem dava tempo de pedir.

32

Apesar de todo esforço, a relação com o filho jamais voltou ao que era. Minha tia não largou o marido, não mudou a estrutura fundamental de sua vida, e isto para Virgílio era uma falha de caráter inaceitável. Sem a separação, nada feito. Ele passou a exigir dos outros a mesma afirmação radical de liberdade que o episódio com Miguel representara em sua vida. E ainda sentia-se ofendido pela superproteção. Nunca mais a respeitou. Ele se transformou. Cristalizou-se em um novo sistema, multifacetado, negro, afiado, como um grafite escavado no lápis; quando o canivete enfim termina o trabalho, lascas inúteis caem secas no chão e surge a nova ponta, para escrever novas coisas. Levei um susto com as mudanças por que passava, e hesitei. Aos catorze anos, constatar que a bissexualidade estava tão perto foi uma surpresa inquietante. Mas havia minha tia, havia a Madalena. E meu pai, agora já informado (por mim). Ele e Virgílio continuaram se dando às mil maravilhas; eu não podia ficar para trás. Também o reconheci em sua nova cara. De nós todos, sobrou meu tio, para quem Virgílio, de futuro herdeiro virou problema presente, de órfão beijado pelo destino virou aproveitador, e de jovem rebelde virou aberração.

*

— Hipócrates era uma merda de médico e um ser humano desprezível, Marcocéfalo. Um sujeito que, no juramento da profissão, promete não trepar, não fazer aborto e não aceitar a eutanásia, deveria ficar confinado a um comitê eleitoral do Partido Republicano no Texas.

— Sei. Então o cara que inventou o método diagnóstico-prognóstico-tratamento, baseando-o na observação dos doentes e na análise racional dos fatos clínicos, era um merda? Tá bem.

— Foi ele que roubou a aura mágica da medicina. Foi ele que cagou tudo. Eu preferia mil vezes estar sendo tratado por alguém mais próximo de Deus, qualquer Deus.

Não discuti. Fiquei só lembrando que Hipócrates atribuía todas as doenças ao ar ou a resíduos da digestão. E me perguntando se essa hipótese ainda era um pouco verdade. Seria bem típico da espécie, morrer exatamente por aquelas duas coisas que mais identificamos como humanas e saudáveis.

*

O pé-direito da portaria alcançava, fácil, uns quatro metros de altura. Graças aos vãos entre suas pilastras, era a parte mais iluminada do edifício. Colada à pilastra central ficava a mesa dos porteiros. Brotava do chão grossa, maciça, sem pés ou laterais; uma placa suspensa de cimento que se inclinava ligeiramente para dentro. Ao atingir a altura adequada, dobrava-se numa superfície plana, fazendo as vezes de tampo da mesa, onde ficavam o painel do interfone, coalhado de pequenas alavancas, luzes e campainhas para cada ramal, os botões que abriam e fechavam as portas da garagem e, por fim, os escaninhos onde se guardava a correspondência de cada apartamento. Estes últimos eram definidos por plaquetas de acrílico vermelhas, verdes, amarelas, marrons e azuis, nas quais os números dos apartamentos estavam inscritos em baixo-relevo. As divisórias entre eles eram também de acrílico, só que preto. Tudo igualzinho a uma ponte de comando intergaláctica.

A portaria, em tese, seria um lugar agradável de se ficar; bastante iluminado mas com sombra, suficientemente público e suficientemente privado. Só que a convivência intercondominial não estava prevista. Aquela portaria não era feita para isso. Além da cadeira do porteiro, não oferecia um banco sequer. Pessoas ociosas por ali, senhores e senhoras idosos pegando um sol de manhã, crianças brincando, babás conversando, moradores se relacionando, o movimento de gente perdendo tempo, fora da corrida, fatalmente atrapalharia o espírito do design. Remeteria ao tempo da sociabilidade arcaica, comunitária, estática, cheia de interferências mútuas.

O prédio, ao contrário, obrigava a espécie humana a crescer mais rápido, a se libertar mais cedo de seus impulsos naturais, trazia-a, quisesse ou não, para um tempo à frente, que não era bem o dela, ainda, mas que nunca haveria de ser sem o impacto da arquitetura. A disciplina de suas linhas deveria penetrar o olhar e, na sequência, o espírito de cada um. Conscientizar o homem presente de seu papel futuro. Eis, em resumo, a utopia dos anos 60.

O Estrela de Ipanema pressupunha uma dinâmica evolutiva, sim, porém vitaminando-a com uma farta dose de instantaneidade. Forçava a passagem entre a realidade e o ideal, entre as debilidades evidentes e certas forças subterrâneas. Uns chamaram a isso de projeto revolucionário. Outros, de burrice. Ele partia do princípio de que tudo é possível, dependendo da determinação que se tenha. Era, em si, um triunfo do otimismo, da técnica, da nova sociedade. Aquele edifício era a matéria dos novos sonhos. Nele a humanidade adquiria a mesma força criativa da natureza, fazia o seu tempo, afirmava a sua razão, libertava a si própria em todos os níveis. Sem um minuto a perder. Impulsos arquitetônicos infalíveis, redesenhando o homem sob a influência dos espaços. Libertando-o. Na política, na sociedade, na cultura, na cabeça e no coração. Homens e mulheres, livres; filhos e pais, livres; patrões e empregados, todos livres; sem laços, sem sentimentalismos. Modernos.

*

Virgílio tinha açúcar. O conquistador nasce do talento, a fama ele aprende a usar. Durante a adolescência, teve quem quis, matando de inveja pela espontaneidade nas abordagens, pelo jeito que deixava tudo fácil. Até os homens da turma ficavam seduzidos, o que chegou a lhe render frutos quando resolveu aproveitar. A primeira conquista marcante foi uma repetente que carregava os maiores peitos da sexta série, a segunda era a mais rica do colégio, e depois foi apurando seus interesses, passando pelas intelectuais e chegando até as mais talentosas. No Estrela de Ipanema, deu uns agarrões nas duas gêmeas vizinhas, filhas do tubarão do mercado de capitais. Sua carreira artística começou pela cueca. Já a primeira conquista homossexual marcante, afora Miguel, tinha bíceps de halterofilista. Virgílio me disse que já desconfiava, mas, desde o filho do motorista, era impossível negar. Aquela paixão proibida tinha sido covardia.

*

Exatamente em que momento da vida, fico me perguntando, eu e Virgílio começamos a nos afastar?

Ele, da pior maneira, acabou aprendendo a ter depressões reflexivas. Antes, resolvia as crises no People Down, boate carioca cujo nome era de uma eloquência absurda.

Também... Ali era tudo branco demais. Não combinava com ele, justamente porque o obrigava a pensar. Muita energia parada atrapalhou seus mecanismos de autoalienação. E dor física, sofrimento puro. Os dias passavam se arrastando, os horários vinham rápido.

Minha tia Clara era boa em dominar situações assim. Se havia alguém com a grandeza de alma dos contemplativos e ainda com a capacidade de ação dos moralmente inferiores, era ela. Ela, naquele momento difícil, com certeza teria sabido ajudá-lo mais. Seu sorriso tinha poder. Havia falhado uma vez, porém reconhecera o erro e, desde então, ficara muito mais atenta.

A força moral consegue tudo. Pena ser tão rara, tão rara que quase vira uma contradição dos termos.

*

Ao contrário do meu, que não sabia o que fazer comigo — coisa que aliás aprendi muito bem, digo, a não saber —, o pai de Virgílio realmente o escolheu para fins muito específicos. Nunca teve o sucessor que esperava, contudo. Filho nenhum aceita isso. Se aceita, é porque não dá para mais nada. Virgílio tinha, para tudo, ideias próprias. Caras amigas.

4.

O hall do primeiro elevador social ficava alguns metros atrás da mesa da portaria, composto por paredes de blindex fumê. Servia aos apartamentos terminados em 1 e 2.

À esquerda do elevador, após uma escadinha de cinco ou seis degraus, chegava-se ao hall intermediário, o espaço comum entre os blocos da frente e de trás. Embora passasse por ali, o elevador de serviço ia do primeiro andar direto para o subsolo, ficando sua porta, naquele nível, permanentemente travada. Quando passava, portanto, só se via uma luz furtiva pela janelinha. Este hall era usado apenas pelos moradores e seus convidados. O projeto arquitetônico do Estrela de Ipanema não admitia concessões, muito menos explícitas, às verdades materiais e atrasadas do dia a dia. A forma artística, para ser histórica, deve sempre encaminhar a humanidade a uma nova situação social. Um estilo sem valores ideológicos não é nada, sem valores ideológicos progressistas é pior ainda.

Hoje, eu até concordo que a arquitetura moderna impunha a força da industrialização, o ímpeto globalizante do capitalismo, mas, por outro lado, o futurismo era também uma rejeição ao presente industrial, e a simplificação das formas recolocava uma esperança no ar.

Enfim...

*

Virgílio, aqui o poeta antigo, para o meu pai era mais que um reles imitador de Homero. Mais que um merda pomposo, tido e mantido por déspotas sádicos e corruptos. Muito mais. Para ele, o épico grego é que, apesar da fama de criatura extraordinária — escritor cego ou, melhor ainda, talento coletivo encarnado —, beijava as sandálias do latino.

Meu pai, assumidamente, preferia o mundo romano. Por uma razão muito simples de entender; fora o grande beneficiado pela herança grega. Diretamente beneficiado. Uma civilização admirável com o cabedal de duas — intelectual, filosófico, artístico, político, militar etc. O raciocínio tinha lógica, e lhe parecia sensato. Bastava. A injustiça contemporânea, a desvalorização sistemática dos méritos de Roma, a seus olhos, tornava-se flagrante.

Roma no fundo era uma chave. Um ponto privilegiado de observação da natureza humana e das organizações sociais. O deslocamento no tempo engrandecia os dramas, esclarecia tudo. Além disso, resolvia a solidão, a angústia, o desencanto. Do prisma da Antiguidade, atos e omissões eram aulas compreendidas sobre nossos limites e potenciais.

Consequência disto, deste cruzamento constante entre o passado e o presente, era o fato de meu pai ser anti-idealista, anti-imediatista e antissenso comum. No que se refere a tudo. Jamais analisava os assuntos por ângulos previsíveis. Seus referenciais haviam entrado em curto-circuito muito antes. Quando os recompôs, foi num plano fictício, uns vinte séculos atrás. Era um cético convicto em tudo que se referia à contemporaneidade.

Ele admitiu, uma única vez, a hipótese de que a política externa do Império Romano, com sua lógica de selvagem civilizadora, talvez não tivesse grandes serventias para os homens de agora. "Mas a miséria brutal do continente africano, por outro lado", disse em seguida, "deveria nos fazer repensar nosso apego fanático ao princípio de autodeterminação dos povos. Nossa omissão, diante de uma tragédia equivalente a muitos holocaustos, é coerência ideológica ou só preguiça, covardia e pão-durismo?". Ele apostava na segunda hipótese. "Não detemos o modelo 'vitorioso' de civilização?"

Sentia, no mundo latino, maior grandeza na experiência, maior intensidade nos dramas dos homens e na formulação das ideias. Enxergava uma aura qualquer, pairando acima de todas as sujeiras que brotavam no desenrolar destes dramas, ou na implementação das fórmulas sociopolíticas. Os suicídios em nome da honra, as guerras em nome da paz, a traição em nome da liberdade. As encruzilhadas; Marco Antônio e Júlio César, Nero, Tibério, Constantino; as vilas cheias de riquezas e obras de arte, os palácios cheios de intrigas; as éclogas edificantes e a prostituição às vezes consentida das senhoras de família.

Por fim, havia ainda a impostação dos historiadores latinos, inspiradora de compromissos morais que iam mais fundo na relação com a política e o poder.

Aqueles homens haviam colocado perguntas imensas, encontrado respostas eternas, nas quais coubera todo o mundo grego, além de vários outros, e nas quais, para meu pai, o nosso próprio mundo cabia. Estava tudo lá, resolvido. Então, quando fechava seus livros, com olhos de outra civilização, ele assistia o presente passar.

*

Demarcadas por muretas de uns trinta centímetros de altura, de ambos os lados da portaria, subiam rampas de piso cerâmico preto. Nelas, eu, Virgílio e as outras crianças não podíamos correr nem andar de bicicleta, passatempos tecnológicos de menos, suponho. Claro que, quando dava, corríamos e andávamos mesmo assim.

Se as pilastras do Estrela de Ipanema eram as estruturas da estação espacial, e a mesa da portaria sua ponte de comando, as rampas negras lembravam plataformas de acesso.

A da esquerda, virando para a direita, e a da direita, quebrando para a esquerda, desembocavam atrás do elevador da frente, no já mencionado hall intermediário. Esta guinada que davam para dentro, ao chegarem a uns dois metros do chão, criava espaços mortos entre elas e as laterais do hall do elevador da frente. Um de cada lado, atrás da mesa da portaria. Tais espaços eram preenchidos com mais pedras arredondadas, idênticas às usadas nos canteiros da frente. Só que aqui elas não se dissolviam na grama. Em variados tamanhos, sobre um cascalho cinza, compunham uma paisagem novamente exótica, porém mais lunar.

Assim como a velocidade do Estrela de Ipanema — essência por trás do futurismo de suas linhas — tornou-me um apressado visceral, cada detalhe da arquitetura trazia também suas expectativas muito próprias, lições construtivas e expressões concretas de sentimentos maiores, subjacentes, que se impregnavam nos moradores. Uma descrição completa do edifício exigiria que fossem mencionadas.

*

À noite, isto é, nas noites em que Virgílio ainda conseguia dormir, eu perambulava pelo hospital. Ia à lanchonete comer alguma coisa, passeava pelo saguão de entrada, relia os jornais. O tempo e eu nos matávamos mútua e silenciosamente. Numa dessas madrugadas, visitei a ala do edifício que estava em reforma. Não sabia se podia entrar ali, e estava prestes a me arriscar quando um médico de plantão despontou no fim do corredor. Ele era jovem, tinha um rosto sério e frio. Um sapato branco fora de moda, uma calça branca mal ajustada no corpo, uma camiseta Lacoste falsa, também branca, apertando-lhe as gorduras abdominais. Uma figura horrível, mesmo à distância, que me devolvia o olhar e deveria estar tendo de mim um juízo igualmente negativo. Quando nos vi frente a frente, cada um numa extremidade do corredor, e reparei nos bips e celulares que o sujeito tinha pendurados na cintura, pensei em revólveres, coldres e naqueles duelos ao amanhecer dos filmes de faroeste. O corredor era a rua principal da cidade perdida no mapa, os tapumes da reforma eram os casebres perfurados à bala. O que mata mais, a doença ou o diagnóstico?

Por sorte, depois de me encarar, o pistoleiro de branco deu meia-volta e sumiu.

E então aquele edifício, muito mais que qualquer outro, pareceu estar vivo. Todo hospital, naturalmente, nasce para crescer. Senti como veias as instalações de água, canalizando sangue; as de esgoto, como intestinos, escoando os dejetos; a elétrica, a alma, ou a consciência; os fluidos mecânicos — oxigênio, vácuo, ar comprimido — seriam então os gases. Radicalmente humanizado, ele me convidava a conhecer suas entranhas em formação, e avancei por entre os isolamentos.

A nova ala era mais ampla; os corredores, os quartos, até o QG das enfermeiras era mais generoso. Nos chamados setores técnicos, os pisos eram feitos com mantas de vinil, aplicados com solda quente, para evitar frestas e garantir a impermeabilidade. Nos banheiros e na cozinha, todos vazios mas onde também entrei, o piso era de cerâmica antiderrapante, de modo a prevenir acidentes e facilitar na limpeza. Os ambientes com total ergonomia. Aqui não era a arquitetura dando forma ao homem, mas o homem plasmando a arquitetura.

43

Fiquei imaginando como deveria ser difícil conduzir uma reforma dessa amplitude dentro de um hospital. Crescimento que não destrói a paz, para muitos, nem existe. Eu nunca fui revolucionário, nunca fui Virgílio, então acredito que seja possível, mas sei que do meu jeito é difícil, e lento, bem mais lento. Os germes, os vírus, os micróbios, as legiões de inimigos invisíveis avançando contra, marchando, minando as resistências, combatendo, aproveitando a quebra da ordem e da estabilidade vitais. Cada cigarro que você fuma, levando micróbios da boca para a mão; cada grão que se vê flutuando no ar quando a luz os denuncia; cada espirro disseminando partículas contagiosas, cada perdigoto catapultado pelo ato de botar para fora o que se pensa e sente... Quantas vezes eu já tinha assistido na televisão, e adorado, àquelas animações que reproduzem os efeitos desses ataques no interior dos organismos, e suas defesas em ação? Talvez fosse a maneira mais lúdica e interessante de entender a medicina: a guerra.

*

"Deus primitivo, lugar de desordem, ausência de regra, ausência de forma, condição de vazio, irrealidade e desolação, existência desprovida de sentido, base primitiva ou fruto da Criação, ideal supremo de integridade e unidade, ideal da natureza, ar, puro e simples, fonte da teoria dos gases, condição molecular na mecânica estatística, conceito homogêneo, unidimensional, multidimensional, discreto, polinomial, paradigma contrário ao determinismo da mecânica tradicional, dinâmica não linear, novo estado de equilíbrio do sistema, ruína do dogma metafísico de que se tem a mesma consequência caso se tenha o mesmo antecedente, pequeno erro com imensas implicações, falha no projeto estelar, sistemas instáveis, anticausalidade, curva negativa, ponto físico e trajetória diferentes dos da matemática geométrica, buraco negro da modernidade, movimentos recorrentes de tipo descontínuo, transitividade métrica, demultiplicação de frequência, bifurcação duplicadora de período, estrutura fractal, poder contínuo de estranha atração, teorema de sistemas conservadores, sistema dissipativo, instabilidade de amplitude e comportamento ergótico de sistemas, fluxo de determinismo aperiódico, órbitas periódicas instáveis, transformação no intervalo das unidades, algoritmos harmônicos e anti-harmônicos, propriedade vertical de bifurcação, janela do terceiro período — x2, 2mxy, byz —, atração dissipativa, divergência exponencial das trajetórias, novo tipo de movimento topológico, pericorese. Ipanema, em tupi, quer dizer água podre. É isso aí, M. A."

*

O Rio, sem calor, parece outro planeta. Na ladeira onde meus avós maternos moravam, fazia mais frio que no resto da cidade. Pelo menos três graus de diferença. O terreno era grande, com troncos e moitas verdes por todo canto, dos muros altos e dos portões até, nos fundos, a mina d'água e o caramanchão. Quando o vento batia, as copas das árvores pressentiam seu destino. Eu ficava assistindo na varanda, às vezes usando casacos; leves, mas de lã. Em pleno Rio de Janeiro. Nos momentos de céu baixo, ou de noite fechada, o casarão branco se destacava no breu.

Uma decoração neoclássica rural, de sede de fazenda, marcava o temperamento interior. Móveis impecáveis — em perfeito estado de conservação, assentos e encostos de palha inclusive —, vidros cristalinos, flores nos vasos e quadros nas paredes. Os mecanismos domésticos regulados como se a casa estivesse sempre alerta. O exagero do dinheiro novo sumira quase inteiramente daquela casa. Permanecia visível só nesse cálculo evidente e minucioso dos detalhes que compunham a elegância europeizante das formas, e na absoluta eficiência exigida dos empregados, mas nunca em qualquer falta de gosto. Meu avô cumprira um longo caminho. Do interior do estado, onde, como ele dizia, virou gente trabalhando no Banco do Brasil, e depois entrou de sócio numa fábrica de tecidos, até aqui. Cresceu, partiu para a carreira solo e prosperou. Vendeu tudo antes da concorrência externa chegar, antes do sucateamento geral e, ao contrário do pai de meu pai, que não cheguei a conhecer, nunca se meteu em política. Para a velhice, guardou de seu patrimônio apenas duas fazendas com gado de corte. O resto engordava em aplicações de pouco risco, excepcionalmente bem calculado. Já havia tido muito mais renda, mas soubera consolidar um padrão bastante confortável, ajudado, é claro, por alguns quinze a vinte aninhos de inflação astronômica. Não tinha a ostentação do pai de Virgílio, grande industrial e ainda um homem poderoso, mas regulavam em idade. Intelectualmente, era-lhe superior. Espiritualmente também. Eu sentia orgulho da maneira com que meu avô materno administrara a própria vida. O genro talvez tenha sido o único imprevisto, filho de comunista e com seu latinismo nada promissor (engraçado que, apesar de ele e meu pai apresentarem tendências passadistas, nunca relaxaram um com o outro).

Minha mãe cresceu naquele casarão, cercada por empregados — uma babá, um motorista, um copeiro, uma copeira, uma cozinheira, uma faxineira e um pau-pra-toda-obra. Passava as tardes, depois do colégio, assistindo-os trabalhar. A culpa social e as crises pessoais, que a levariam a profundas redefinições, ainda estavam longe.

Minha avó costumava dizer que "na sala se fala de ideias; na cozinha, de pessoas", mas nunca achei possível separar uma coisa da outra.

Eu lembro de meu avô puxando o assunto em francês, para reclamar dos empregados enquanto o estavam servindo na mesa de jantar. Minha avó e minha mãe imitavam-no discretamente.

46

A dança da etiqueta se desenrolava, com todas aquelas evoluções já interiorizadas — travessas à esquerda, travessas à direita, talheres, copos, pegue o guardanapo e ponha-o no colo, displicentemente, mantenha os braços junto ao tronco, cotovelo em cima da mesa é crime, segure o garfo direito, não brinque com a comida, boca fechada, sem pressa, mastigue bem, gesticule pouco e jamais com talheres nas mãos, poupe-nos das gargalhadas espalhafatosas à mesa —, e eles tacando a boca nos empregados. Meu avô, sobretudo. Ainda dizia obrigado após se servir.

Mas é imposível alguém não se perceber objeto de críticas e ironias, em qualquer língua que seja. E os empregados me olhavam, sabendo que eu também não falava francês.

As virtudes daquele meu avô tinham contrapesos importantes. Luto para valorizá-las. A maneira sábia como se retirou dos negócios que tinha, a placidez com que gozava a vida rentista, as ações sociais que promovera em sua cidade natal, seu gosto por orquídeas...

*

"Surpreenda-me", meu pai ironizava quando eu, criança, ameaçava contar alguma história minha, fosse uma peripécia ou um incidente no colégio. Para o seu próprio destino, acho que dizia a mesma coisa, só que muito seriamente.

Por exemplo a ação política, a "carreira" familiar, dele teria exigido mais que uma reflexão generosa sobre os destinos do país e da humanidade. Como fez com o pai. E ele sabia que nem isso poderia dar. A história política brasileira o havia cuspido longe, antes de ele se entender como gente. Já dera tudo. Ser filho de comunista era contribuição suficiente para uma vida só. O Brasil é que estava lhe devendo.

Assim, meu pai nunca se imaginou herdando a veia pública, militante de coisa nenhuma, defensor de coisa nenhuma, líder de coisa nenhuma. Dizia até com orgulho, para eu ouvir: "Nunca dirigi nada". Tinha a universidade, seus alunos particulares, suas traduções e revisões técnicas do latim, e não queria brigar por outra coisa além disso. Era uma alma apenas em missão de reconhecimento e análise. Meu avô, vencido com alma de vencedor, não lhe deixou outra alternativa; foi esquecido por quase todos depois de morto, lembrado como todos, inclusive seus inimigos, enterrado com os mais belos e traiçoeiros sonhos políticos do século. O amor também exigiu meu pai demais. Ele fora tão bom marido quanto qualquer homem de sua geração. O que significava melhor que os da geração anterior. Por isso, quando minha mãe nos deixou, seu niilismo bateu forte. Novamente credor de uma dívida em aberto, não pôs mais fé na justiça dos acontecimentos.

Diziam que era um estoico. Para mim, esta sempre foi uma maneira chique de aludir a sua vocação para o fracasso. Ressentido com as memórias que tinha, não via motivo para criar outras. Sentiu a morte de uma esquerda muito especial, a partir de 75, e o peso de todos os sacrifícios minguando. No início dos anos 80, após o fim do casamento, a solidão chegou e ficou. Em 90, aos quarenta e tanto, sentiu o golpe final. Caiu o Muro, caiu a máscara, caiu tudo, até o pau começou a cair também. Torneiras de ouro na Albânia, execuções em massa e esmagamentos culturais em nome do materialismo histórico, ditadores soturnos em castelos, porões com freezers abarrotados de iguarias, vinhos raros e princípios corrompidos. O jeito foi beber.

Havia ainda, culminando tudo isso, um desencanto mais profundo, mais escondido, mais secreto e doloroso que todos. Nascia não da morte do pai, do fim do casamento, da reunificação de Berlim, da irresistível e generalizada cooptação ideológica conservadora, da fraqueza pelo álcool, ou mesmo da infantiloide preferência contemporânea pelos gregos. Este eu sei que nascia dentro dele.

*

Saímos do Estrela de Ipanema, e sempre fomos, todos muito diferentes. Eu e Virgílio, meus pais, os pais dele, as gêmeas do sexto andar, a primeira sapatona assumida que conheci, e o dono de cartório; até os irmãos João, do 703, eram diferentes entre si — João Paulo, João Marcos e João Antônio. Essa variedade foi o resultado natural da dispersão das emoções que fazia parte do futuro precocemente implantado pelo edifício.

Para o bem ou para o mal, a modernidade viabilizava o fim da comunhão de sentimentos, impressões e balizas ideológicas, desse contato profundo, ou condicionado, ou os dois ao mesmo tempo, que com tanta frequência provocava a estagnação social, até o retrocesso, e as mesmas tantas vezes possibilitava uma paz de espírito muito discutível. A seus olhos, se não necessariamente primitiva, tal comunhão de valores era, na melhor das hipóteses, coisa rara na vida, que se limitava a uma ou a outra pessoa muito íntima, alma gêmea, ou a uma circunstância bem particular ou, no máximo, a um período especialmente harmonioso da história da nação, da população do estado, da cidade, do bairro, do condomínio, do andar em que se mora, e, o mais improvável, dos co-habitantes de um apartamento. E tais momentos ainda estariam condenados a durar pouco, terminando ao readquirir seu caráter utópico e, a nossa vida, sua irredutível especificidade. Ninguém poderia mais garantir ser capaz de compartilhar qualquer experiência, ou de fugir da prisão montada pela consciência estruturante que carregava, ou que lhe carregava, esta resistência maior ao contato com o mundo exterior, agente impermeabilizadora e multiplicadora voraz das nossas hesitações e dos nossos rasgos egocêntricos. Nenhuma pessoa poderia garantir que a vida estivesse ocorrendo fora dela, e não apenas dentro. Ninguém mais se dominava inteiramente. O Estrela de Ipanema profetizou que a solidão essencial da humanidade iria se radicalizar.

Minha constante urgência, portanto, talvez não se ligasse ao futuro, mas também ao passado; um tipo de saudade prévia.

*

Meu pai abria a porta, passava pelo corredor e acendia a luz do escritório. Como eu, não tinha sono regular. Nossas madrugadas eram velhas semivegetativas, uma infinidade de emoções no mínimo de som e movimento.

No quarto, a luz da televisão avançava contra as paredes, sem o reforço do volume. Eu, às vezes, queria ir ao banheiro, mas sabia que ele estava acordado, e temia que me ouvisse também, ou pior, que nos encontrássemos no corredor, ou me pedisse bebida, ou chamasse por um motivo qualquer.

O isolacionismo teoricamente nos unia. Na prática nos opunha, a nosso próprio passado inclusive. Tornamo-nos parecidos demais para qualquer aproximação estável. Frustração da parte dele, ressentimento da minha.

Seus hábitos de alcoólatra comedido, homem honesto, asceta do conhecimento, impregnavam-se em mim como um ranço do qual o Estrela de Ipanema havia me vacinado previamente. Como ele conseguia morar lá? Eu reagia contra sua influência.

Quando veio a última ditadura, meu avô foi preso por ser um agitador histórico; meu pai foi em cana de graça, por mera relação de parentesco. Dormiu na cadeia. Para ele, uma noite interminável. A minha herança política.

Ouvia-o indo até a cozinha. Acendia a luz, o corredor se iluminava um pouco. Os arranques do motor da geladeira ecoavam pelo apartamento. O barulho de estalos sob a torneira me dava a certeza de que fora atrás de gelo para o uísque. Três, quatro horas da manhã, e ele ainda com "sede". Não raro, quando acordava para a faculdade, eu tomava café da manhã olhando-o no sofá da sala, roncando, ou vagamente desperto, mudo, com um livro aberto nas mãos e o sol na cara.

*

Os fótons compõem, de um lado, o plasma energético que vem do espaço e penetra nosso planeta (raios cósmicos, gama, X, ultravioletas, infravermelhos, ondas de rádio e TV), e de outro chegam-nos sob a forma de energia luminosa emitida pelo sol. Virgílio riria de mim, divagando em território tão científico. Este era outro domínio muito mais dele, que já estudara a fundo, por exemplo, a evolução da teoria do caos. É fácil imaginá-lo me chamando, nesse caso com razão, de "Marcomédia". Sempre derrapo quando o assunto exige precisão conceitual. Mas fui adiante. Naquela madrugada em que invadi a futura ala nova do hospital, percebi o quanto a reforma consagrava lá a passagem do branco para as cores. Fiquei impressionado, curioso. Dias depois, à noite, durante a rendição de Virgílio ao tranquilizante mais forte que o médico lhe receitara, pesquisei em seu computador portátil sobre o tema.

E aprendi que, além de fótons em diferentes estados de pulsação, além de luz refletida, as cores são também o índice que divide todos os corpos em exterioridade, espaço de eventos causais e mensuráveis, e interioridade, espaço do não causal e não mensurável.

Ou a expressão de um processo que aponta — indiretamente, se bem entendi — para o ser do fenômeno, exprimindo o nível não físico do real, o que permite ao universo tornar-se inteligível e ganhar finalidade. O mundo depende das cores para se manifestar aos nossos sentidos.

E que há um nível semiótico de compreensão das cores, no qual servem de instrumento para a representação simbólica, segundo significados a elas conferidos pelo conhecimento popular.

Pensei na dinastia dos porfirogenetas, imperadores romanos do Oriente, assim chamados por virem ao mundo numa sala do palácio inteiramente forrada de púrpura (pórfiro, em grego), cor símbolo de sua legitimidade e de seu pertencimento à família real. Mas nada disso me ajudava a entender a função por elas desempenhada na nova ala do hospital. Foi quando topei com o chamado "princípio filogenético", que as entende como energias ativadoras de conteúdos arquivados no inconsciente primitivo da espécie humana. Era por aí que a combinação de tons poderia atuar sobre a condição física e psicossomática dos doentes.

A ala velha baseava-se na lenda antiquada segundo a qual o branco dá impressão de higiene e purificação. Mas isso se tornara bastante discutível, depois que começaram a sair esses closes ampliados 450 mil vezes de ácaros monstruosos e fosforescentes. O que inspirava aquele branco todo, nas paredes, no chão, nas roupas, era um frio tremendo. Eu pensava em inverno, e no inverno, colorido lá fora e monocromático lá dentro. Naqueles quartos e corredores, uns estavam brancos de susto, de medo, outros simplesmente desbotados.

Em contrapartida, algumas paredes da ala nova já eram discretamente amarelas. Pelas teorias que arranhei, a cor do sol traz a luz para situações difíceis, ativa o intelecto, a comunicação, a harmonia, e ainda gera calor. Estava me animando, querendo acreditar, quando considerei que, em Virgílio, alguns desses efeitos poderiam implicar riscos. Não sei se teria sido uma boa ideia ativar ainda mais seu intelecto. Certa vez, um crítico de teatro caracterizou-o como um automóvel com "motor demais para pouca carroceria". E ali, no hospital, vendo como ele maltratara o próprio corpo durante anos, essa definição me parecia extremamente cruel e verdadeira.

O sol do Rio era um imenso holofote amarelo sobre ele.

52

O azul sempre foi minha cor preferida. Mas não por qualquer identificação consciente. Avançando um pouco na pesquisa, lamentei reconhecer-me como um adepto da cor da seriedade, da confiabilidade e do bem-estar. Pior do que um bom menino, só um bom menino que se torna escritor de aluguel. Mas, segundo a cromoterapia, o azul também deveria ter o poder de desintegrar as más energias, de diminuir a ansiedade. (Sempre odiei o futuro do pretérito.)

*

Virgílio se dava maravilhosamente bem com meu pai. O "professor", inclusive, tinha uma fórmula especial para cumprimentar meu amigo, que quando crianças nem entendíamos: "Sortes Virgilianas". Num filho enjeitado como eu, o ciúme e o desprezo se contradiziam.

Mas confesso que sempre tive orgulho da implicância de Virgílio em relação a minha mãe. Ele tomar meu partido com tanta veemência, no melhor estilo ira santa, verbalizando em altos brados todas as queixas concebíveis, me ajudou muito a evitar o pior.

Passado o tempo, julgo que ela tinha uma necessidade de provocar rupturas muito parecida com a do próprio Virgílio. Uma capacidade de não abrir mão do direito de ser feliz, ou, no mínimo, de ser infeliz do jeito que bem entendesse. Mas, lá entre nós, o importante era que ele me tomava a bandeira das mãos e arremetia.

Ia até longe demais.

Minha mãe tinha um espírito aberto. Depois teve mérito maior, o de vivê-lo concretamente. Hoje é uma artista interessante e conhecida. Pagou o preço, mas levou. Admiro-a por isso. Mesmo sabendo o quanto sua liberdade, na minha vida, foi bem outra coisa.

Neste aspecto, os moldes familiares do Estrela de Ipanema vingaram radicalmente. As crianças de hoje sentem todas o que eu senti.

Já meu pai, um homem também raro, era especialista no passado, como já disse. No de Roma e no do pai dele, como também já disse, e no da mãe dele, mulher disposta a tudo pelos ideais do marido e que, por isso, virou o modelo de mulher do filho (casando com minha mãe, só podia dar errado).

Ele gostava de me contar que os imperadores romanos de determinada fase, quando chegavam de uma batalha, vitoriosos, cercados pela multidão eufórica e idólatra, agigantados de glória em desfile triunfal — as palavras eram mais ou menos essas —, tinham a seus pés, na biga, um escravo cuja função era sussurrar ao homem mais poderoso do mundo: "César, lembrai-vos de que não sois Deus".

5.

Avançando paralelamente às paredes externas do hall intermediário — nas quais alternavam-se o cimento e os vidros esfumaçados —, as rampas negras alcançavam também os fundos do edifício. Apenas uma luz oblíqua iluminava esse trajeto, penetrando pelos vãos das pilastras geladas. Lá, por fora, as rampas davam acesso ao hall do segundo elevador social, o dos apartamentos 3 e 4. Este, também delimitado por paredes de blindex fumê, era a imagem em negativo do primeiro. Um olhava para a rua, o outro para os fundos, gêmeos no desenho, na distribuição espacial e no acabamento. Encarando-o, erguia-se uma parede que exacerbava o caráter sui generis do edifício. Ela ia do chão ao teto, alongando-se por seis ou sete metros sobre o piso negro. Era toda dividida em formas quadriculadas de cimento, preenchidas por placas coloridas de acrílico. Imenso vitral de ficção científica, uma verdadeira muralha pop, atrás da qual escondia-se o quarto do zelador ou um depósito multiuso, variando conforme a época.

*

Ele me fazia preparar o uísque. Eu já dominava as marcas todas e sabia exatamente como bebia cada uma. O de malte, um dedo e pouco em copo baixo, uma pedra de gelo. O doze anos, um dedo e pouco em copo baixo também, mas com duas pedras. O de todo dia, fosse qual fosse, dois dedos, um pouco de água e três de gelo, em copo alto.

Um dia sumiu o contrabandista de uísque do meu pai — naquela época era tudo assim —, para dizer, quando reapareceu, que com a Polícia Federal em greve não conseguia trabalhar. Virgílio achou a história sensacional, um orgulho da pátria.

Eu assistia meu pai beber. Se ao menos pudesse encher a cara junto. Havia um filme no cinema que eu gostaria de assistir, um amigo me contara que ia jantar fora com os pais toda semana, as mulheres existiam no horizonte... Comida congelada é um fenômeno de economia em três estágios; pouco dinheiro antes, o mínimo sabor no meio, e pouco trabalho depois. A minha louça já estava secando.

O bar ficava num carrinho, na sala. Os copos de uísque, o balde de gelo, e o uísque propriamente dito, ficavam na parte de cima; os copos de vinho e as garrafas, deitadas, na parte de baixo. Tintos, meu pai gostava dos mais leves, nada daqueles tijolos espanhóis, ou italianos muito selvagens. Brancos, gostava dos menos ácidos, e secos. Tinha a tese de que o vinho branco ou era muito bom ou era veneno. Ele não entendia grandes coisas do assunto, vê-se, e estava longe de ter paladar de enólogo — só bebia muito, escolhendo as bebidas mais leves para poder ingeri-las em quantidade.

A cerveja, singular coletivo, ficava na geladeira. Sem a neurose do gelo absoluto: "Estupidamente gelada; o advérbio é ideal!".

Ele, do escritório, me pedia. Se estava bêbado, tudo em meu pai dava angústia. O olhar pesado, o jeito que tinha de relaxar o queixo, tudo.

Quando o primeiro copo de uísque voou na parede, cheio, ganhei uma sobrevida naquela casa.

*

Ouvia-se, ao longe, o ruído constante dos automóveis. As janelas do quarto fechadas. A claridade atravessava os vidros e batia nas paredes brancas, transmitindo o frio do inverno. Rosas iam se abrindo no jardim do hospital. Virgílio na cama, com um soro espetado no braço. Seu estado só piorara no último mês e meio, e as perspectivas de encerrar o tratamento e cair fora dali pareciam um pouco mais distantes a cada dia.

O café da manhã o aguardava na bandeja, mas ele já não vinha conseguindo se alimentar. Uma enfermeira, verificando o fluxo do soro e dando-lhe os primeiros remédios do dia.

*

Na parte mais alta do piso térreo, que começava onde terminavam as rampas laterais, dois canteiros ficavam alinhados ao elevador dos fundos. Um de cada lado do prédio. Aquela era a parte mais escura de todas. A luz natural não dava conta de tanto cimento nas paredes e do piso preto. Ninguém ficava muito ali, pois era também um trecho bastante frio.

As muretas que formavam aqueles canteiros batiam um pouco abaixo da cintura de um adulto. Dentro delas, até a borda, havia uma areia branca e úmida (provavelmente roubada da praia). Formando um nicho num dos cantos mais recuados, novamente apareciam as pedras de contornos dóceis. Saindo de trás delas, plantas inquietantes e insólitas, jiboias.

Estes canteiros não evocavam o estranhamento de folhas rígidas e pedras maleáveis, ou a frieza de uma paisagem cientificamente concebida, e nem a esterilidade de um deserto lunar. Aqui a presença das jiboias remetia diretamente ao mistério de formas vivas em outras galáxias. Serpentes; no mínimo, mandrágoras venenosas do ano 3000, crescendo no futuro de pedra e areia. Esta associação, admito, não é minha. Eu e Virgílio vivíamos conectando ideias muito diferentes (assim nasceu, entre outras coisas, nossa crítica de arte aloprada). Eu, várias vezes, comparei o Estrela de Ipanema a um foguete. Virgílio engatava conexões mais insólitas. E eruditas. A das mandrágoras é dele. Às vezes, um falava uma palavra qualquer e o outro, de bate-pronto, simplesmente falava uma segunda, que estabelecia relação com a primeira, e virava um jogo, um repente com a agudeza e a ingenuidade típicas de jovens privilegiados do capitalismo periférico. Na infância os temas eram uns, na adolescência e depois, outros, mas a lógica aleatória das combinações nunca mudou.

*

— *Dora, there's nothing to be so guilty about.*

A sala na penumbra. Desleixo no carpete, umidade nas paredes. Malas de lado, abraços de mãe, beijos, olhos aparentemente úmidos, apresentações, cumprimentos e constrangimentos. Sofá de mola. A caixa vermelha na mesa. Uma cerveja morna para a chegada, perguntas e respostas introdutórias, uma conversa que não engatava, olhos baixos, silêncios, um novo marido, inglês, simpático e impossível.

Estava sobre a mesa, diante de nós, entre o sofá e duas poltronas surradas. Era uma caixa de presentes, maior que as de sapato, menor que as antigas de chapéu. Quadrada, revestida com uma imitação de veludo cor de vinho. A etiqueta da loja colada no centro da tampa, com um friso dourado em volta.

Londres prometia ser uma experiência bastante desagradável. O jeito frio dos europeus barrava maiores aproximações, e me batera, em todos os lugares, do aeroporto até ali, um mal-

-estar angustiante. Uma sensação de incômodo reconhecimento. Eu tinha catorze anos e só falava *yes*. A última gota de autossatisfação fora ainda no voo, muitas horas atrás, conversando com um brasileiro vizinho de poltrona. Ele riu de uma velha piada. Nada me fez sentir tão claramente o meu horror quanto estar fora do Brasil; em Londres, Paris, Roma, Nova York, numa aldeia no coração da Mongólia, ou Marte. Eu, aqui, a despeito de mim mesmo, tenho algum contato com as pessoas. Minha mãe estava bastante diferente. Olhando para o seu novo marido, o inglês inatingível e de dentes amarelos, senti até saudades do meu pai. Se ela ao menos tivesse me buscado no aeroporto. Ou, já que ia mesmo ficar em casa, tivesse interrompido o trabalho um pouco antes da minha chegada, para tomar um banho, pentear os cabelos, lavar as unhas, tirar aquela roupa toda suja de barro, arejar a sala, fazer um lanche. Teria sido alguma coisa, vinte meses depois.

Procurando disfarçar, fingi curiosidade em ler a etiqueta da caixa.

— Não!

O grito dela pegou a todos de surpresa.

Depois do banho, que foi meu pretexto para fugir da sala, deitei na cama vestido e fiquei olhando para o vazio, sonhando em voltar, querendo o Brasil, querendo meu pai. Lembrei de um telegrama de minha mãe, seis meses antes, que dizia: "Precisamos adiar sua vinda. De novo. Exposição em agosto. Jura que perdoa?". PT saudações.

— Você quer mesmo saber o que tinha na caixa? — ela perguntou, no final da tarde.

Para mim, o assunto havia morrido. Mas tudo que ela precisava era se manter bem viva na minha cabeça, sempre alterando os rumos, inviabilizando qualquer resposta pronta, ou o mais vago planejamento. Fez questão de abrir a tampa.

59

*

Enquanto arrumava os papéis de Virgílio, que enfrentava as dores de olhos fechados, procurando concentrar-se na música, encontrei uma foto de minha tia Clara. Numa penteadeira, com um colar de pérolas.

De repente, ouvi a voz de meu amigo:

— Amo essa foto da minha mãe.

Levei um susto, pois me senti bisbilhotando seus pertences íntimos. Mas disfarcei, comentando:

— Ela tinha um lindo sorriso.

— Não é por isso que gosto da foto, M. A.

— Lá vem...

— Sempre tive o maior tesão nesse colar de pérolas.

*

Na sequência dos canteiros de trás, acompanhando a inclinação das rampas, havia imensos tanques decorativos. Iam descendo lá dos fundos, passando pelo nível do hall intermediário, até a portaria. Nesta parte do edifício, o paisagismo não exigia segundo olhar. Revelava de estalo o efeito bizarro do fundo das cachoeiras pintado de azul-piscina, e da água corrente no cenário high-tech. Jorrando de repuxos escondidos, a água deslizava, rindo da nossa surpresa. Nessa viagem de três níveis, ao passar pelos dentes de aço que arrematavam os escoadouros, abria rasgos no véu de suas pequenas cascatas.

Os tanques faziam barulho e brilhavam, do começo ao fim, graças a pequenos holofotes estrategicamente submersos. No nível da portaria, acomodavam a água em remansos, ao redor de largos pedestais de cimento. De ambos os lados do edifício, sobre estes pedestais e ilhados ligeiramente acima do nível da água, assentavam-se triângulos de acrílico transparente, com mais de um metro de altura. Eram suportes para esculturas de areia colorida, que, em seu interior, depositada ao comprido, reproduzia a formação horizontal das camadas geológicas. Os tons selvagens dos pigmentos gritavam, reforçados pelos holofotes, e refletiam na água. Uma explosão de cor no cenário cinza e preto; a dupla casa de força da estação espacial.

Quando os porteiros eram camaradas, ou estavam distraídos, eu me arriscava sobre as águas, contornando os triângulos de acrílico pela beira dos pedestais. Mas a beleza moderna rejeita qualquer instabilidade. Várias vezes, ao perder o equilíbrio, afundei as canelas naqueles tanques e saí pingando, mancando, até o elevador. As minicachoeiras eram a prova de que o Estrela de Ipanema apostava em seu controle sobre a natureza. Já nasceu dominando-a e usando-a como um adereço, um enfeite dócil, subordinado à criação humana. Viver naquele edifício implicava uma relação distanciada com tudo que não tivesse a marca da espécie. Não um distanciamento completo — cheguei a pegar jacaré de água salgada, pouco mas peguei —, um certo resguardo superior.

No mundo ali projetado, os elementos naturais não eram naturais, eram citações de si próprios, de suas versões maiores e mais ameaçadoras, já ultrapassadas pela vanguarda da humanidade. Ou eram ainda outras coisas, alteradas conceitualmente, como as jiboias.

6.

O mendigo sentou na calçada, espremido entre um muro e os carros estacionados com duas rodas no meio-fio. Ele era branco, de olhos claros, tinha uma barba rala, o corpo e a roupa todos sujos, e uma perna sempre em carne viva, que deixava esticada de propósito, cortando o caminho dos pedestres e obrigando-os a, literalmente, passar por cima. Fez ponto ali. Naquele mesmo lugar, na mesma posição. O Estrela de Ipanema ficava a um quarteirão de distância, e justamente a calçada escolhida pelo mendigo fazia parte obrigatória dos meus percursos usuais (até a aula de inglês, o bazar, o ponto de ônibus da Visconde de Pirajá etc.). Eu passava por ele de três a quatro vezes por dia. Quando o olhava, tinha nojo daquela perna sangrenta, mas sentia pena. Quando ele me olhava, eu não tinha a mais remota ideia do que pensava de mim, daquele filhote da alta classe média que eu era. (Era?) Muito provavelmente, sentia um desprezo profundo. Ódio não, é injusto imaginar te odiando uma pessoa que você nunca sequer viu em pé. Era inevitável que começássemos a nos reconhecer. Sei que, sem motivo, cumprimentei-o um dia. Até ele estranhou. Comecei a cumprimentá-lo sempre. De início, quando eu passava correndo, com um simples movimento da cabeça. Depois, um "Oi", seco e direto. Minha boa ação, minha dose de sacrifício pelo fim das desigualdades sociais no Brasil. O mendigo, no princípio, recebia meus cumprimentos em silêncio. Depois começou a responder. Minha mãe não trabalhava. Vivia de agenda cheia, a social. Notívaga, acordava sempre tarde, depois de eu ter ido para o colégio. Só nos víamos no fim do dia, poucas horas antes de ela sair para alguma festa, ou jantar, ou teatro, ou cinema e chopinho, ou, ou, ou, ou. Entre seus muitos amigos, tinha especial interesse pelos membros das vanguardas que fizeram a glória do Rio de Janeiro nos anos 70, e pela turma da praia. Meu pai, que em tese poderia exigir maior presença dela em casa, era estudioso demais para reclamar. A rotina livre da mulher convinha a seu desejo de isolamento historiográfico, a sua fome de paz solitária. Azar o meu. Quando estávamos juntos, ela vivia preguiçosa, só andando de carro. A maternidade lhe dava tédio, era bucólica demais. Raramente caminhávamos pelas ruas do bairro e, sem outros interesses, nunca vimos o mar.

Aconteceu que passamos pelo mendigo, de mãos dadas. Minha mãe displicentemente linda; cabelos castanhos meio despenteados, olhos jovens brilhando no rosto sem maquiagem, vestido hippie-chique com decote e modelando seu corpo. Era tudo que o meu orgulho infantil precisava para aparecer.

O mendigo, de longe, ficou olhando, vendo-nos caminhar em sua direção. Quando chegamos a poucos metros de distância, e ele me olhou mais de perto, abaixei o rosto, sem saber o que fazer. Ele me encarava, mas achei que ia entender. Minha mãe reagiria se o cumprimentasse. Achei que não ia se importar. Não dei nem "oi", não fiz o gesto com a cabeça. Fingi. Antevendo a perna asquerosa atravessada na passagem, minha mãe não teve dúvida; me puxou pelo braço e quis evitar o mendigo, contornando os carros pelo meio da rua.

"Amigo!" — ele chamou, pedindo o cumprimento. Um oi. Mas aquele carro passou na hora e minha mãe não ouviu. Continuei reto.

Virgílio dizia que foi o mendigo quem rogou praga para ela, depois, fazer o que fez.

*

A carreira e as viagens afastaram meu amigo de qualquer cotidiano, por longo tempo. O sucesso jogou a última pá. O escapismo e a vocação se alimentavam mutuamente. Ele, desde pequeno, foi um ser teatral.

Mesmo no fim, cada momento em que lhe faltava posição na cama, cada suspiro de desânimo, cada enjoo causado pelo impacto dos remédios, cada gemido de dor, verdadeiros que fossem, vinham sempre reforçados por uma carga dramática extra. Dava para ver. E, como bom autoritário que ele também era, eu tinha as minhas marcações. Eu e todo mundo.

Mas nem todas as falas conseguia decorar. Revê-lo, ali, daquele jeito, despertava em mim rompantes de sagrado e redentor moralismo. Ridículo. A pergunta, "Por que não eu?", também aparecia. A simples explicação, "Acontece...", não serviu mais. Os consolos "Valeu a pena" ou "Ele aproveitou", ficaram risíveis. Querendo entender a lógica do destino — nada menos —, eu ia recapitulando anos, meses, dias, momentos, frases, e dessas lembranças ia retirando filtros, os mais subjetivos, um a um, buscando uma segurança imaterial, uma lição ética, uma veracidade hipnótica, obsessiva, racionalizante e emburrecedora. Sob cada filtro, inutilmente, pensava encontrar uma pista.

Tardes silenciosas ao lado da cama. Dentro da cabeça, um enxame.

*

À esquerda da portaria, já do lado de fora da construção principal, com um chão áspero de cascalho, ficava a rampa de entrada da garagem subterrânea. À direita, havia uma escada que descia também até a garagem e ao subsolo, pela qual se chegava ao hall feioso, escuro e abafado onde os elevadores de serviço paravam. Mais à direita ainda, seguia-se a rampa ascendente de saída, com idêntico chão de cascalho.

Antigamente sobrava espaço para os automóveis dos moradores nas rampas e no subsolo. Tenho, nitidamente, a sensação de que o mundo era mais vazio. O inchamento dos grandes centros brasileiros, claro, e a mudança dos padrões de comportamento, que fez os filhos ficarem até mais tarde na casa com pai e mãe, sobrecarregaram a capacidade dos estacionamentos residenciais; mas há que se considerar ainda o poderoso egocentrismo infantil, ou um desencanto gradual com tudo. E, de quebra, o pesadelo científico da superpopulação planetária. "Apreensão multiconsciente", diria meu pai, como após listar mil interpretações diferentes para um mesmo canto da *Eneida*, para um verso de Catulo, Horácio, Ovídio, Propércio, ou para alguma passagem de Sêneca, Diógenes Laércio, Cícero, Plutarco; sua galera.

Pena que minha apreensão multiconsciente a respeito da vida, quando veio, após a partida de minha mãe, já veio defeituosa. Cercado, desde pequeno, pelas certezas revolucionárias da modernidade, eu achava a multiconsciência um atalho direto para o imobilismo — o modelo paterno me afligia — e a experimentava culpado. Sempre havia tido necessidade de eleger uma resposta predominante, para saber como agir. Ou então esquecer o assunto. Era a pressa, lá dentro, impregnada, sem dar descanso. Incorporei minha dose de ceticismo e passividade muito a contragosto.

O Estrela de Ipanema havia me ensinado a não aceitar minhas próprias limitações, a querer crescer mais rápido e ser consciente e íntegro mais cedo — dono do meu nariz. A vida, muito pelo contrário.

*

Outro dia, em que Virgílio não estava tão indisposto, mostrei-lhe uma foto nossa, aos doze anos, mais ou menos, em frente ao Estrela de Ipanema. Senti-me orgulhoso de tê-la guardado, e satisfeito de mostrar ao meu amigo a beleza do edifício e da nossa antiga amizade. Mais em seu estado normal do que eu imaginava, ele só comentou:

— Você, adolescente, tinha mais jeito de embichar do que eu.

*

Noite de domingo, depois do *Fantástico*. Uma chuva quente melando o corpo, para piorar.

Eu e meu pai indo tomar suco no final do Leblon. Não me lembro de termos um só jantar decente naquela época. Ele dirigindo, eu no banco de trás. Ele torcendo para eu crescer e desaparecer; malditos imperialistas romanos. Aquela deprê fundamental, antegosto de prova de matemática na boca, e muita saudade da minha mãe.

Paramos no sinal e, do nosso lado, para uma joaninha (o fusca da polícia carioca que podia matar um bandido de várias maneiras, inclusive de rir). Os dois guardas na frente, mantendo as caras de mau. Atrás, um pivete preto, preso, sujo, com a testa encostada no vidro e os olhos fechados. Era um pouco mais velho que eu. Fiquei interessado, observando-o, enquanto meu pai se distraiu esperando o sinal abrir. Achei que estivesse desmaiado, apagado de exaustão, de porrada, alguma coisa. O que abriu, porém, foram seus olhos.

*

— São uma categoria sociológica?

— Muito mais que isso, Marquerido. Os "bobos" são a quintessência da civilização, a atitude do próximo século: "*Bohemian bourgeois*; pessoas cultas que nunca se importaram demais com dinheiro e que aprenderam no colégio como o consumismo exagerado é um mal e a importância de economizar energia e reciclar lixo. Rebeldes light, alternativos com bolso cheio. Moram muito bem, sem luxos evidentes; gostam de cozinhar, com ingredientes importados. Odeiam dirigir, têm bons carros, mas não se veem neles com motorista. Defendem o parlamentarismo. Até hoje só botaram os pés numa favela para comprar maconha e/ou cocaína, mas adoram arte com denúncia social".

*

Que amizade não sofreria?

Virgílio viajando o tempo todo, cumprindo as promessas que havia feito a si mesmo. E sem usufruir os pequenos prazeres da vida. Eu habituando-me a uma rotina mais convencional, uma virtude gostosa, em muitos momentos até feliz, com filha no colo e tudo.

A expressão "Sortes Virgilianas", com a qual meu pai o saudava desde quando éramos crianças, referia-se a uma forma lítero--oracular de resolver os problemas. Um antigo costume romano, que consistia em fazer a invocação do poeta e abrir a *Eneida* aleatoriamente, buscando nos versos que se apresentassem respostas para todas as dúvidas.

*

A comunicação com a miséria se dava por meio de olhares, subentendidos, interditos, assemelhamentos indiretos, receios e vistas grossas. Difícil chegar. No discurso, eu não tinha nada a ver com aquilo. Falava outra língua. Porém, por mais que reclamasse do Brasil, por mais que me afastasse, quando a distância era real eu sofria, vítima daquela coisa para a qual só nós temos a palavra perfeita.

Existe a frase que diz: "O patriotismo é o que a gente lembra da infância". É uma frase, como "César, lembrai-vos de que não sois Deus", é uma também.

*

Durante meses ouvi os apitos finos e curtos, de ritmo variável, que as portas grossas tentavam inutilmente esconder. Interpretei-os, imaginando coisas. Andando pelos corredores, à noite, escutei os sopros espalhados pelos cantos, silenciosos e aflitos demais. Senti muito, sinto, mas admiti logo que gostava de sentir até isso. E gosto.

Ora o cheiro de morte, ora madrugadas em claro. Paredes frias. A vontade louca de viver. A vontade louca de fugir. Assepsia de tudo menos de sentimentos. Genocídio de germes. Efemérides biodegradáveis.

7.

No vestibular — a despeito de toda a minha incompetência para entender o universo mental dos historiadores, e o do meu pai em particular —, reneguei a inclinação que sentia para o desenho, o gosto maior pela caricatura, engavetei meus primeiros poemas, e cursei história. Sem que ninguém tenha forçado. Meu avô fez, meu pai fez, eu fiz. Era fatal que não desse nada certo. Para começar, àquela altura, a maconha já havia destruído minha capacidade de memorização. O cérebro de meu pai era uma máquina infalível, nunca esquecia uma data. Se não sabia o ano exato de determinado "fato", ia cercando-o com uma série de outras referências, e apertava o cerco até chegar a uma hipótese bastante aproximada. Sem piscar, recitava nomes de imperadores e generais na correta sequência cronológica. O meu cérebro, longe disso, tornara-se um registrador barulhento e à manivela.

Outra razão para o meu fiasco foi que, contra minha própria vontade, a bibliografia com a qual estava familiarizado era clássica demais. Sobre história romana, para ficar num exemplo bem próximo, eu conhecia os obrigatórios Mommsen, Carcopino, Raymond Bloch, Jean-Rémy, Marrou e, claro, Gibbons. Acontece que estas figuras nem mais eram lidas na faculdade. Estavam descartadas em favor da Escola dos Annales e do pessoal da Nova História — Marc Bloch, Braudel, Febvre, Duby, Le Goff, Vovelle, Ariès. Foi um choque. A própria história antiga estava em baixa, e a de Roma mais em baixa ainda. Eu não pensava em ser latinista, mas, de repente, todas as minhas referências não valiam um peido. A história dos eventos virava fumaça. A história das ideias seria um disfarce para a repetição do erro. Quando terminei a faculdade, vi que não ia mesmo ser historiador. No entanto, nunca mais me senti tecnicamente preparado para outra profissão.

Hoje, minha filha — Clara, em homenagem a minha tia e seu sorriso — está em Londres (aquela cidade tem alguma coisa contra mim), há um ano estudando história da arquitetura. Faz um trabalho sobre o modernismo brasileiro.

Mora com a minha mãe, que há anos está separada do seu inglês. Escreveu-me outro dia, dizendo sobre a avó ceramista: "É bonito vê-la em ação no ateliê; o cabelão grisalho e despenteado caindo pelos ombros, os braços fortes e as mãos treinadíssimas, dominando vários tipos de barro, de queima — são imensos os fornos —, e combinações químicas supersofisticadas, das quais tira cores, vernizes e esmaltes sempre lindos. Um troço".

Nunca vejo minha ex, mãe da Clara. Também fui largado, como meu pai. Na época, fiquei em dúvida se os fatos se repetiam devido à herança psicológica, ou se a herança psicológica se manifestava devido à coincidência dos fatos. Clara, óbvio, se ressente dos pais mal se falarem. Todo mundo tem direito de sentir o que quiser.

Quando eu era adolescente, a vida ficava muito mais emocionante depois de um baseado. A maconha me protegia da aceleração dos grandes acontecimentos, sedava minha ambição desmedida e me alertava para pequenos dramas sutis, infinita e incontavelmente disseminados no mais anônimo dos instantes. Em rotação lenta, aprendi outra maneira de viver. Os idealismos contrariam o gozo imediato, e assim o Estrela de Ipanema começou a ter seu modelo hegemônico ameaçado. Eu gastava as horas, parado, olhando as pessoas, olhando o meu quarto, me olhando no espelho.

Respondi à carta de minha filha, comentando, entre outras coisas, que o Brasil vai bem, com os problemas de sempre: "O presidente continua lutando com o Congresso para aprovar as reformas de que precisamos. E nós continuamos lutando com o presidente para que ele lute com o Congresso para que este aprove as reformas de que precisamos e que ainda não foram sequer propostas. Milagrosamente, essa semana não estourou nenhum escândalo de corrupção".

Com todo o meu desencanto, nunca deixei de acreditar na possibilidade de mudar o Brasil por meio da política. Já a Clara, sem cerimônia, retrucou: "Desista de me dar notícias sobre política. Nem quando estou aí isso me interessa. Aliás, odeio. Mas me dê, sim, notícias sobre a Kiki, que você esqueceu de contar como vai".

Kiki é a gata aqui de casa. Mais importante que os destinos do país...

*

— Casamento acontece, M. A., filho acontece; aconteceu. São Paulo é que foi muito.

Virgílio jamais entenderia por que eu quis mudar. Ele próprio viajava bastante, mas não entenderia. Sua casa estava lá. Era muito apegado ao seu jeito de ser e ao dinheiro de sua família. Nesse mundo, dinheiro é liberdade, e ele precisava de liberdade demais, acreditava piamente que ela existia.

Eu, com a mudança, a princípio me senti livre, novo, admito. Depois, aos poucos, vi que realmente não existe um instinto de mutabilidade da espécie, existe é o de sobrevivência. Velhos defeitos, novas manifestações. Estava apenas distante, isolado, menos verde, menos preso. Logo abandonei a pretensão de mudar totalmente. O tempo, só, pode alterar o jeito de alguém. Mas aí, diga-se de passagem, sua especialidade é fazer traços de personalidade virarem causa mortis.

*

Demarcando as laterais e os fundos do condomínio, havia um muro de tijolos, em U, pintado de vermelho-escuro. Nele todo, em alturas diversas, viam-se dentes de cimento saltando para fora, inúteis e inexplicáveis. Sua única função plausível era mesmo acrescentar nova estranheza futurista ao conjunto. O muro, que tinha uns dois metros e meio de altura, ao terminar abria espaço para mais um viveiro de jiboias.

Paredes muito grossas, de um blindex transparente, preenchiam os vãos entre as pilastras. Nos lados e nos fundos do prédio. Entre elas e o muro de tijolos, pairando também em U sobre a garagem, havia uma área sem uso específico, com chão de cimento batido e alguns respiradouros do mesmo cimento, que faziam a exaustão do ar no subsolo. Estes respiradouros, uns verticais, uns diagonais, eram retangulares, rombudos e de alturas diferentes, mas apareciam sempre agrupados, com seis ou sete grupos se espalhando por lá. Entre eles é que rolava o futebol dos meninos do prédio. A estação estelar nos oferecia um esconderijo nos fundos, atrás da muralha pop e da invisível barreira de vidro.

Não sei por que, nunca joguei tão bem quanto jogava ali. Bolinha de tênis, bola dente de leite, de futebol de salão, fosse que bola fosse, naquele "campo" eu sempre ia bem. Até preferia bolinha de tênis. Jogava muito, algo que nunca consegui no futebol de campo. Dava show.

Como o espaço era estreito, o campo não tinha saída lateral; a bola só ficava fora de jogo quando ia além dos gols, que eram demarcados pelos respiradouros. Então valia usar as paredes como tabela, para driblar ou até para arriscar um chute. Futebol geométrico, minha especialidade.

Lá conheci meu amigo. Ele morava no único dúplex do edifício e era um fracasso no futebol. Tínhamos, o quê, seis? Sete anos?

*

Virgílio, claro, não faria por menos. Tornara-se um diretor de teatro conhecido e prestigiado, com fama de ousado e/ou hermético quando o texto era seu, além de radical atualizador dos grandes clássicos. Tragédias gregas na porta de um banco das Ilhas Cayman, comédias envolvendo o cartel de Bogotá, Molières no Pavãozinho, Shakespeares no sertão da Paraíba.

Havia feito também documentários muito polêmicos; lembro de um revendo certos dogmas estéticos e ideológicos do modernismo brasileiro. Apanhou de tudo quanto foi crítico, nem precisa dizer. Até colegas artistas picharam o trabalho. Chamava-se *No Ar-Mário*. Era bem divertido, mas ingênuo e de mau gosto em sua iconoclastia generalizada.

E também sempre achei que por trás de toda pose "inteleque", de todo hermetismo, existe um projeto de ascensão social.

Mesmo assim, sua percepção dramática era muitas vezes brilhante. Uma vez, desafiei-o a resumir o Hamlet, para 90% dos entendidos o personagem mais complexo da literatura universal. E ele conseguiu, "em dois petelecos". Pinçou no início da peça uma frase que marcava o primeiro momento "da bicha dinamarquesa": "Parece, Madame? Não, é. Não conheço as aparências";

e, no fim, uma outra, evidência da transformação: "Nada é bom ou mal, o juízo é que avalia".

Convenhamos; a despeito das eventuais idiotices, eu tinha que respeitar o cara.

Sua companhia excursionava no país com frequência, e fora dele de quando em quando, para alguns festivais filantrópicos. Obtinha pouco sucesso comercial, suponho. Até onde eu podia deduzir, a fortuna do pai demorou a deixar de ser a principal fonte financiadora das produções. Mas seu trabalho teve repercussão, conseguiu resenhas importantes, isto é inegável.

Virgílio caiu no gosto dos chamados formadores de opinião, e demonstrava ter todos os requisitos para tanto: tinha os amigos certos, estava nas festas certas, vestia as roupas certas, dizia as coisas erradas, o que era certo, e, por último, escolhia os temas certos para suas peças, os enfoques certos para suas remontagens. Em poucos anos, até apartamento montado em Nova York ele tinha.

Amava a imprensa, que correspondia ao seu amor. Pelas páginas de revistas de fofocas soçaite e pelos cadernos culturais, assisti Virgílio tornando-se cult. Suas pequenas esquisitices, suas grandes mediocridades, eram encomiasticamente amplificadas pelos meios de manipulação coletiva. Apenas uma vez brigou com um jornalista, quando este o flagrou bêbado com um empresário importante numa boate gay. E só brigou, aposto, porque era a imagem do empresário no fogo. Em tempo: o jornalista era seu ex-caso.

Apesar da frequente exposição, da frágil privacidade, as histórias que eu lia sobre Virgílio me pareciam mal contadas, distorcendo as evidências para qualquer análise que eu fizesse, por mais penetrante, no intuito de descobrir se ele ainda continuava a mesma pessoa.

Era difícil saber.

*

"Todos vão ter nojo de mim. Vão achar que sou repulsivo, até perigoso. Só faço piorar. Nunca mais vou ser o mesmo, para ninguém, e o futuro está se aproximando, à medida que desapareço nele. Antes superativo, superlativo, inderrubável, encantado com a vida. Agora obrigado a fugir, a me esconder. Se não pelos outros, por mim. Simplesmente preciso. Quando acontece de eu querer esquecer tudo, inclusive a obrigação de ser feliz, quando acontece de ser tão ousado, a minha triste figura me dá um soco na cara. Osso contra osso. Impossível explicar, impossível pedir ajuda. Como existir perdendo os sentidos, quando antes eu possuía todos com perfeição? Não consigo expor o que sou agora, o que não vou ser amanhã. A revolta só não ganha da própria doença."

*

Mantivemos a amizade firme durante o primeiro ano após o término de nossos respectivos cursos universitários. Eu frequentava os ensaios do grupo que Virgílio formara com seus colegas da faculdade, as primeiras peças, e ia às festas e noitadas. Escrevíamos coisas juntos, trocávamos impressões sobre livros, filmes, espetáculos, discos, nossos pais etc. Mas foi ficando difícil. Arrumei um emprego de horário integral, enquanto ele virava noites ensaiando, acordava às três da tarde todo dia e vivia cercado de gente. Depois, esfriou mais. Numa das raras combinações que deram certo, dei uma desculpa no trabalho e fugi mais cedo para encontrá-lo antes de um ensaio. Ele, estrela, se atrasou. Eu já conhecia Luíza, a melhor atriz deles todos (que Virgílio dizia ser piranha). Aconteceu enquanto esperava, conversando com ela. Foi tudo rápido e transformador. Ela engravidou quatro meses depois. Casei, apaixonado. Minha filha nasceu. Eu saí voando pela vida afora, com uma bola de ferro acorrentada aos pés, indo muito mais longe do que previa. Virgílio acabou ultrapassado pelos acontecimentos. Só queria encontrar comigo se eu estivesse sozinho. Falava mal da Luíza para mim. Resultado: praticamente deixamos de nos ver. Mas ainda nos interessávamos, por exemplo, pelos talentos um do outro. Continuei indo às suas peças. Ele foi às minhas noites de autógrafo. Não comentava os livros profundamente, mas alguma coisa lia. Até que publicou uma resenha sobre um deles, de poemas. Em vez de falar do livro, porém, usou quase todo o espaço para esculhambar o resenhista de outro jornal, que havia elogiado muito minha poesia, dizendo que o sujeito a elogiara pelos motivos errados. Achei seu texto infeliz. Meus livros deixaram de ser assunto entre nós.

Sumimos um do outro, finalmente.

Quando minha mulher me largou — como ele ficou sabendo? —, já não nos encontrávamos havia anos, mas recebi de Virgílio um telegrama que dizia: "Puta não se aposenta, descansa. Ligue para: (021) 247-4598". Nem uma palavra de conforto, como sempre. Querendo conexão a partir do Estrela de Ipanema, como sempre. Tive preguiça de procurá-lo, preguiça de sua amizade amalucada. Tive a impressão de que nada havia mudado por lá.

*

"Não como, não bebo, não cheiro, não fumo, não trepo, não rio, mal ando, e enxergo cada vez pior. Não falo de teatro. Não dirijo mais ninguém. Não vou a lugar nenhum. Finito. Sozinho — ou quase —, apareço apenas em caso de absoluta necessidade. Não aguento. Preciso romper, sair de todos os grupos. Há um solitário consolo amigo, enfermeiro discreto que recuperei, mas cujo poder é limitado; amigo mesmo seria alguém que se oferecesse para tomar meu lugar. A seu favor, digo apenas: se chego perto de qualquer outra pessoa, sinto uma angústia terrível. Se alguém ao meu lado, que não ele, escuta a música do vizinho, e eu não escuto, eu mato sem cachorro, à mão; ou se alguém vê belezas a nossa volta, alguém menos ele, e eu não vejo, eu caio duro, seco, podre. Nunca fui generoso assim."

*

Virgílio reapareceu num sábado à tarde. Tínhamos uns trinta e cinco, por aí. Achei-o bastante magro e com entradas prosperando no alto da testa, o cabelo meio ralo nas têmporas. Foi razoavelmente cerimonioso, o que me deixou feliz. Agradecido, dei tapinhas em seu ombro, com familiaridade meio artificial. Fiz sala. Contou-me um pouco sobre sua carreira, suas viagens. Eu falei dos livros que escrevia sob encomenda para empresas, bem como dos poemas que deixara de publicar. Minha filha, criança, entrou na sala, e apresentei-os novamente. Era muito pequena da última vez em que se tinham visto. Vaga lembrança até para mim.

Mas Virgílio descreveu, exatamente, inusitadamente, detalhes daquele antigo encontro anterior: "Era domingo, quatro e meia da tarde...". A Clara ainda mamava, e ele chegou com três presentes: um dinossauro de pelúcia, um CD de músicas de ninar e um livro com máximas do epicurismo clássico (provocação pura: "Para prevenir a criança da doença familiar"). Ao ouvi-lo, outros detalhes meteóricos choveram na minha cabeça. Daquela vez, ele e Luíza haviam conseguido não discutir, mas por pouco. O clima foi pesado. Ele a cortara do grupo quando engravidou, sumariamente, embora fosse uma das atrizes mais antigas e fiéis a sua "proposta", a melhor que tinha, disparado; ele nem piscou. Depois disso, Luíza nunca escondeu a antipatia que Virgílio passou a lhe inspirar. Nem durante aquela visita para nossa filha. Deu-lhe três ou quatro boas alfinetadas. Virgílio se contro-

79

lou, e só explodiu quando o acompanhei até o hall, antes de sumir no elevador. Saiu dizendo que, com aquela mamação toda, os peitos da "vaca" iam cair, e eu ia me "fudê".

Demorou, mas, já disse, minha mulher me deixou por um empresário dez anos mais moço que eu, e oito mais que ela. Fomos muito felizes juntos (eu pelo menos fui). Na separação, levou boa parte do que eu tinha. Ainda era bonita quando fez isso. Agora, já não sei... Ao contrário de meu pai, não tive a dignidade e a coragem de virar alcoólatra profissional. Minha mãe, bem, ela nunca me disse realmente o que pensa sobre a infeliz coincidência entre mim e meu pai. Ainda na Inglaterra, está viva, feliz e rica hoje em dia.

*

"Para manter os outros submissos e obedientes, o meio mais seguro é a autoridade da autoconfiança. É fazendo o filho chorar que o pai planta a virtude em seu coração, é oprimindo o aluno que um mestre o expõe aos fatos de cada ciência. O tempo não anda sem esse choque. Provocando lágrimas é que a lei, ela também, obriga o cidadão a se manter nos limites da justiça.

Como os Estados precisam de uma constituição, o indivíduo precisa de uma lei que nasça dele próprio. Sua resposta à opressão."

*

Em nosso reencontro, estudamo-nos bastante. É difícil convencer os outros de qualquer coisa, quando já viram você mentir. Resistimos, pelo menos, à tentação facilitadora de recorrer ao passado remoto para alimentar a conversa. Fomos driblando as dificuldades, num movimento pendular, calmo, cheio de mágoas e saudades, hesitações e interesses. Virgílio viera me pedir algo, percebi. Antes, porém, queria ter certeza de qual seria a minha resposta. Estava bonito, mais velho, não percebi o que estava por trás da magreza e da calvície. Parecia um cara legal, sem o ar arrogante que tinha nas declarações dadas aos jornalistas, sem a pretensão de suas montagens mais conceituais. Era um pouco exótico no jeito de vestir, mas nunca me incomodei com isso. Ao que parecia, ele de fato estava querendo se aproximar outra vez.

*

"Eu digo que a perfeição dos pensadores — a espontaneidade de suas ideias, a clareza e a vivacidade de suas concepções, assim como a faculdade de reuni-las, a rapidez, enfim, com a qual as utilizam —, está submetida a uma única regra: aumenta na proporção da distância que os separa do sol. Menos comigo. Não tenho um único pensamento moralmente elevado. Sinto medo, vontade de ver morrer qualquer outra pessoa no meu lugar, sinto raiva de quem está feliz, o simples fato de alguém estar respirando sem problemas já me dá inveja. A morte veio cedo, antes de muita coisa. Por pior que tenha sido o meu destino até aqui, veio cedo demais. Os médicos decretaram. Se não posso ser salvo, devo fazer uso de ***??? Devo, rapidamente, acabar? Aconselhar-me com ***?"

*

Perguntei a Virgílio o que estava fazendo em São Paulo. Ele sorriu, de olhos baixos e entrelaçando os dedos. Perguntou, antes de falar, se podia beber alguma coisa. Eu tinha cerveja em casa, mas preferiu suco de laranja. Conhecendo sua veia dramática, a princípio duvidei da explicação que ouvi. A qualquer momento ele poderia estourar numa gargalhada. (Beethoven ainda viveu 22 anos após redigir sua despedida.) Mas, ouvindo os detalhes do tratamento a que seria submetido, para curar uma doença oportunista, e não a crônica, entendi a importância daquela visita. Eu não sabia de nada. Virgílio precisava de alguém que ficasse com ele no hospital — levaria dez dias no máximo —, e queria saber se eu estava disposto a ser esta pessoa.

Uma antiga tradução do *Testamento de Heiligenstadt* morou em sua cabeceira todo o tempo. Levou-a porque o período de internação seria boa hora para trabalhar num monólogo dramático (que morreu em fragmentos). Ele gostava de se imaginar febril e genial, descabelado, o nervo mais exposto do romantismo contemporâneo, desesperando num pesadelo grandioso. Foram quatro meses ao todo. Seu quadro nunca melhorou. Quando não podia ler, pedia-me que o fizesse e dizia o que marcar, sublinhar, às vezes até ditava alguns trechos. Brincava que a diferença entre ele e Beethoven era o fato da audição não ser o único de seus sentidos em processo de putrefação. Mas que tinham em comum o mais importante: a vergonha. Da fraqueza, da decadência de seus reflexos, das incapacidades que se multiplicavam. Eram ambiciosos demais, e autoconfiantes demais, para aceitar aquilo.

8.

Já nem sei como vai o Estrela de Ipanema. Meu pai não mora mais lá. A última vez que entrei nele foi por um impulso, desses que pegam a gente quando se está andando na calçada, vindo de um lugar e indo para outro, com a cabeça longe, delirando, até que, de repente, uma coisa muito concreta, bem perto, finca os nossos dois pés no chão.

Havia uma grade alta, entre o quadriculado do terreno e a calçada. Foi ela, e não o prédio em si, que me chamou a atenção. A memória inconsciente daquele determinado trecho do quarteirão acusou o corpo estranho. Me atrapalhei até encontrar a porta.

E não reconheci o porteiro, lógico, muito menos ele a mim. Era novo, foi um certo custo convencê-lo a me deixar entrar. Por mais que eu explicasse. Devia ter deixado quieto. Devia ter continuado o meu caminho.

*

— Ôrra, mêu... Que cê tá fazeeiindo? Num acabô di vê essas gotinha aiinda, bela?

A enfermeira não tinha culpa de nada, pensei, enquanto assistia aquelas grosserias.

— O sr. Virgílio adora implicar. Mas no fundo gosta de mim — ela disse, me olhando. Sorri, educado, tentando minimizar meu constrangimento.

— É mêmo, bela? Ôrra mêu, superrrgóssto.

Ao ouvir a nova provocação, séria, a enfermeira rebateu:

— Insensível.

Engoli seco. Virgílio também, um pouco. Ele, claro, se recuperou mais rápido. Olhando-a fixamente, admitiu:

— Sou mesmo.

Fiquei esperando, curioso para ver a reação da mulher. A princípio, ela não disse nada. Terminou de verificar o fluxo do soro, recolheu a bandeja de remédios. Só arrematou o diálogo quando estava para sair:

— Pior que não é...

Ficamos os dois pasmos. Estava sendo sincera. Gostei de vê-lo pego no contrapé. Virgílio se recolheu, controlando uma súbita vontade de chorar. Quando a enfermeira deixou o quarto, voltou ao ataque:

— Essa filha da puta aí, outro dia, entrou aqui para colher minha urina, pra algum outro filho da puta botar debaixo do microscópio e dizer quanto tempo eu ainda tenho de vida.

— E daí?

— Daí que ela entrou falando com uma voz ridícula: "Vamos fazer um xixizinho?".

Eu ri da imitação, mas dei o assunto por encerrado. Virgílio é que fez questão de continuar:

— Ela me trata como se eu fosse retardado. Deve ser por causa dessa tal porra de humanização de que você tanto fala. Humanizar é tratar o paciente feito idiota.

— A mulher é simpática. Deixa ela em paz.

— Você adora defender essas piranhas que não valem nada, né, Marcornudo? Que nem a tua ex, que nem a puta da tua mãe. Acho que ele próprio ficou assustado com a agressividade do que acabara de dizer. Mesmo que não tenha demonstrado. Eu normalmente ficaria atônito, sem reação, mas daquela vez, por um motivo que só depois entendi, me dei ao luxo de enfrentar:

— Prostituição é receber dinheiro de um pai que a gente despreza.

Esperei o impacto. Ele fingiu ignorar meu desafio. Deu uma bufada superior e virou a cara, como se estivesse apagando minha resposta da memória com uma espanada. Mas sei que estava surpreso comigo. Até eu estava.

Virgílio, definitivamente, ia perdendo o controle dos acontecimentos.

*

Nada faz tão mal às ideias quanto as ideologias. Mas nunca são mortais. Já o ataque inverso é fatal. A moderna arquitetura, trinta anos depois, havia falhado de maneira constrangedora.

A desvalorização contínua da moeda era prova disso, a corrupção no meio político, a miséria, a escalada da violência, o marasmo irresponsável da nação, o avanço da nova epidemia mundial, a morte apesar de tanto progresso, que humilhava a comunidade científica. Fiascos, promessas. As grandes conquistas espaciais a anos-luz do Estrela de Ipanema.

Guardadas as devidas proporções, a desesperança da pátria, dos tempos, estava retratada no edifício. Seus canteiros da frente, por exemplo, não provocavam mais o antigo estranhamento, desvirtuados pelo desleixo dos síndicos ou pela criatividade dos jardineiros simplórios. No alto dos muros, forçando a vista, e nos canteiros dos fundos, procurei as jiboias insidiosas de antigamente. Haviam sido substituídas por plantas mais tranquilizadoras, uma sublimação visual nem de longe tão estimulante, sem projeto algum. Os canteiros lá de trás não tinham mais a areia da praia, os tanques estavam vazios, as corredeiras decorativas, extintas (segundo me contou o porteiro, por problemas crônicos no sistema de retroalimentação, cujo conserto ninguém no condomínio estava a fim de bancar). A natureza estava degradada, retrocedida, ou então eliminada. Haviam-se perdido as esperanças de controle sobre ela. As pessoas, por sua vez, estavam iguais a sempre. Não piores, com alguma boa vontade, mas certamente não melhores.

Até a muralha pop sucumbira, apresentando vários quadrados sem as respectivas placas de acrílico colorido, o que a deixava banguela e com um ar senil.

Bem que a vista do nosso apartamento foi diminuindo com o passar dos anos. No começo, eu via muito sol se pondo, caindo lá pelo fim do Leblon. Mais tarde, pouco antes de ir morar fora de casa, com sorte avistava uma pontinha do morro Dois Irmãos. Era um sinal.

Quis subir até o andar onde morei. Lembrei de um rosto que eu, pirralho que morava no hall de trás, havia desenhado no da frente. Meio escondido ao lado de uma tapeçaria em forma de flâmula, feita de uma lã felpuda, e sobre o carpete verde que forrava as paredes, rabisquei um rosto de homem, de três-quartos, rindo. Bem de leve. A tinta da caneta Bic azul, sobre o verde quase escuro do carpete, também não aparecia muito. Com a luz do sol não chegando nem perto dos halls internos dos elevadores, estava terminada a camuflagem. O desenho ficou lá anos e anos. Exatamente no mesmo lugar, discreto, intocável.

*

"Filhote de Hades", "pernilongo de dieta", "cadáver ambulante"; Virgílio se aplicava na veia doses diárias de humor negro, que escorria por dentro dele como uma droga, um remédio, e ia selando-o, revestindo-o contra as fraquezas e corrupções fisiológicas, contra o medo e o sentimentalismo. Se aquilo era um teste de seu caráter — na medida em que, numa situação-limite, sendo ele próprio o atingido, precisava provar-se capaz de falar as coisas que sempre falara, ácidas e pontudas, agindo da maneira que sempre agira, frívolo e cruel —, estava passando com nota máxima. A covardia não parava em seu espírito, nascia e era expulsa mil vezes por minuto, graças ao efeito de sua verve.

O médico havia acabado de anunciar que, devido aos reveses imprevistos no quadro clínico, Virgílio "receberia" duas sondas, a urinária e a intestinal. Também seus banhos passariam a ser dados na cama, por enfermeiras com toalhas umedecidas. Feito o anúncio, largada a bomba, o sujeito foi embora. Eu, no meu sofá, abaixei o rosto por um instante. Virgílio, sentado na cama, lançou-me um olhar profundo. Senti seus pensamentos ardendo em mim. Quando finalmente pude encará-lo, nos entendemos.

Ele realmente emagrecera demais, enfraquecera demais. Ficava difícil locomover-se naquele estado, e as sondas poupariam-no do esforço. A devastação galopava, os remédios e coquetéis se arrastavam atrás. A guerra chegava ao fim. Pela milésima vez nos últimos meses, eu simplesmente não sabia o que dizer. Mas o silêncio era insuportável.

— Marcoveiro...

Claro que odiei a corruptela com meu nome, mas não era hora de marcar posição:

— Fala.

As palavras saíram de sua boca como um suspiro:

— Eu nunca mais vou poder cagar.

Entendi exatamente o que ele queria dizer, mas menti:

— Lógico que vai.

— Não vou. A partir de amanhã, mijar e cagar vão ser impulsos involuntários, manifestações fisiológicas puras, sem nenhum controle, sem nenhuma consciência... Acabou. Quando um homem não controla mais nem isso, é o fim.

— Você não pode se entregar.

Ele me encarou novamente, agora com uma ponta de raiva:

— Você fica aí falando essas merdas, como se ainda houvesse...

Virgílio interrompeu a frase. Por um instante, até ele perdeu a coragem. Mas, lentamente, continuou:

— Não é uma delícia levantar de manhã, pegar uma revista ou um livro ilustrado e ir para a privada cagar? Gosto de ficar lá, meio sonado, virando aquelas páginas cheias de imagens coloridas enquanto termino de acordar.

Ainda que um tanto surpreso com o rumo da conversa, resolvi aderir:

— Eu prefiro dicionários. Os verbetes são curtos, puramente informativos, não preciso pensar.

— É, é bom também. Mas de manhã gosto mais das figuras...

Ele engasgou outra vez. As lágrimas pularam dos seus olhos. Fui tomado pela angústia de ver meu melhor amigo definhando. Seria bom se as ideias mitológicas de um trânsito mais livre entre o mundo dos vivos e o dos mortos pudessem de fato existir. Ou se postergássemos aquela que, esta sim, seria a ruptura definitiva entre mim e ele. Mesmo seu corpo terminando inaproveitável, corroído pela superposição de males, desejei que pelo menos as informações neurológicas críticas da identidade pudessem de alguma forma ser salvas e perpetuadas. Ele ainda tinha muito por fazer. E eu precisava. Quase sugeri que se congelasse, para ser revivido dali a alguns anos, ou décadas, quando a cura total fosse possível. Cristais de gelo talvez pudessem conservar sua vitalidade, sua inteligência, minha mais íntima companhia.

Estes arroubos criogênicos foram interrompidos por algo bem mais singelo:

— Você me ajuda a tomar um último banho decente?

Com calma, ajudei-o a se levantar da cama. Um braço meu foi suficiente para apoiá-lo. Na outra mão levantei o pedestal do soro. Ele vestia um daqueles aventais brancos, abertos nas costas. Arrastamos nossos pés em direção ao banheiro. Lá chegando, sentei-o na tampa da privada e liguei a água, que regulei numa temperatura morna, pediátrica. Não tinha muita certeza se podíamos estar fazendo aquilo, mas por uma vez na vida não me cobrei tal garantia. Tirei a minha camisa e meus sapatos, coloquei um banco embaixo do chuveiro. Ergui-o novamente, desatando o nó que prendia o avental. Ao vê-lo nu, concretizei em definitivo a magreza absoluta que o atingira. Seus músculos, sua carne, haviam desaparecido, transformando-o num esqueleto revestido de pele marrom-amarelada. Eu poderia fechar a mão em volta de suas coxas. Pregas flácidas penduravam-se na bunda; suas juntas saltavam, joelhos e cotovelos. O sexo esvaziado de qualquer energia. O rosto, um cemitério de expressões; cansaço e dor; as cavidades oculares fundas e arroxeadas, o verde dos olhos apagado, a boca seca, marcada por grandes rachaduras.

Após colocá-lo no banco, vendo-o entregar-se ao prazer do contato com a água, imaginei o que teria sido de nós se eu, tantos anos atrás, tivesse trepado com ele. Na época, experimentávamos tudo juntos. Por que isso nunca tinha acontecido? Teria sido essa a causa profunda de nosso distanciamento? Algo me custara o melhor amigo que jamais tive, só o devolvendo já em vias de decomposição, e eu insistia em descobrir o que fora.

Quando reparei, Virgílio me encarava, lia meus pensamentos. Debaixo d'água, falando com esforço, ele me ensinou:

— São três as grandes vantagens do bissexualismo: 1) duplicação das chances de encontrar alguém; 2) os homens sabem melhor o que um pau gosta, por motivos óbvios; 3) apuramento do senso estético, que costuma atrofiar nos heterossexuais.

Para mim era tarde, mas quem sabe? Talvez, dando o rabo, eu tivesse me tornado um grande poeta.

*

Ele acordou no meio do sono, suando e assustado:

— Marco!

Eu pulei do sofazinho maldito:

— Estou aqui.

Virgílio pareceu se tranquilizar um pouco:

— Já amanheceu?

— Ainda não. Por quê?

Ele não respondeu. Insisti. Com uma voz dolorida, meu amigo explicou sua angústia:

— ... apodrecer à noite dói mais.

*

Eu estava acostumado a um padrão pelo qual o corpo era uma fonte de sofrimento. Ardia no calor da cidade. Ou um instrumento da alienação coletiva. Ofuscava tudo o mais. "Cafajeste", quatro sílabas adequadas a qualquer um que ousasse explicitar seu desejo. Olhou demais, cafajeste. Assobiou, cafajeste. Deu uma cantada previsível, cafajeste. Tirou a camisa na rua, cafajeste. Saiu com mais de três homens no mesmo carro, cafajeste. Falou de mulher, cafajeste.

Uma vez, telefonei para uma garota de programa e marquei hora. Quando estávamos juntos havia uns quarenta minutos, irritada, ela disse: "Você gozou ou não gozou?". Tinha pressa, marcara outros compromissos. Disse que sim, havia muito tempo, e fui embora.

Na semana seguinte, ela de novo ficou sem saber onde eu estava. Descobriu conferindo na ponta da camisinha, e perguntou quando. Eu sorri, com medo que descobrisse a verdade, e falei que isso não era importante.

Eu gostava dos seus peitos empinados, duros de silicone, e de seus pelos depilados à moicano. No terceiro encontro, a garota admitiu que também gostava de mim. Eu era o único homem que gozava sem ela saber.

*

— Que nojo!

— Deixa de besteira, Virgílio. Nojo de quê?

— Do mundo! Do meu catarro, do meu sangue, de mim, de você, do Brasil e de tudo que não é brasileiro.

Fiquei em silêncio.

Num acesso, Virgílio empurrou a mesinha da comida com força inesperada. As rodas arrancaram para trás, a bandeja escorregou e decolou, perdendo o contato gravitacional com tudo. A aceleração das coisas diminuiu de repente, por instantes de surpresa. Custei a acreditar no que ele havia feito. Os talheres e o prato voaram, lentamente. O purê de batata, grosso e amarelo, foi se deslocando no ar junto com a carne e o caldo cor de sangue aguado. A verdura insossa planou e se abriu em suspensão. O copo de suco de laranja ricocheteou numa longa queda.

Até o fim, 100% Virgílio. Eu disse que ele estava mais doce?

Finalmente o estrondo, e o tempo voltou a correr. Espirros de comida coloriam o branco a nossa volta.

*

Até minha filha, quando criança, notou que só desenho rostos. Não sei mesmo desenhar nada além disso. Nem me interesso. Taí uma fixação contra a qual não luto mais. Sou, na verdade, um caricaturista amador de mão-cheia. Justamente por ser muito promissor, acho, foi que desisti de seguir carreira. Num ramo hiperbólico, eu ficaria acostumado demais a deformar o que visse, sobretudo as pessoas. E, por incrível que pareça, meu desejo sempre foi ser um realista suave.

Sou um poeta frustrado também. Mas fazer política literária é fazer política numa escala mesquinha demais, até para mim. Que se f... Meus pais viveram seus sonhos em 1968. Eu comecei a sonhar em 69, quando nasci. No fim, deu no mesmo. Deu que o Brasil derrubou todas as nossas projeções. Digam o que disserem, os únicos que conseguiram sonhar o Brasil foram os portugueses. Pena eu ter nascido num tempo em que nada mais podia ser exclusivamente real, que dirá suave. E para não parecer que estou fazendo drama, adianto: o endereço do Estrela de Ipanema, oficialmente, não existe mais. Não como eu citei antes. Embora o prédio ainda esteja lá. Com o empurrãozinho extra dos demagogos cariocas, aprendi o que significa realidade virtual.

Na portaria do edifício, haviam sumido os triângulos contendo pigmentos berrantes, que antigamente explodiam faixas de cores sobre o azul da água dos tanques. Agora, nos pedestais, repousavam grandes vasos de uma plantinha ingênua, com flores pequenas e roxas. Não sei o nome.

"Apodreceu tudo lá dentro", explicou o porteiro, com a maior naturalidade, falando dos triângulos de areia colorida.

*De repente, como um redondo e farto seio de pedra
irrompe no peito da planície a pedra lisa.*

9.

Verão, 1987

Virgílio entrou como um furacão. Sem a menor cerimônia, bateu palmas, falou alto, deu assobios estridentes, puxou meus lençóis, desligou o ar-condicionado e, suprassumo da crueldade, escancarou as cortinas. O sol de Ipanema entrou rachando. Afundei a cara no travesseiro, fugindo da luz. Era quarta-feira, uma da tarde, meu pai havia saído e eu — leguminoso, estatelado por cima da colcha, de cueca, com um resto de baseado no cinzeiro mais próximo — queria seguir descansando na minha cápsula refrigerada e escurinha.

Virgílio não perdoou:

— Porra, M. A., isso é uma vergonha nacional.

Tentei grunhir alguma coisa. Tentei mostrar, e convencer a mim mesmo, que a preguiça é a outra face das grandes realizações; praticá-la já seria então meio caminho andado. As realizações viriam com o tempo, eu esperava, meio sem fôlego aos dezessete. Mas foi inútil.

— Um, dois! — comandou Virgílio, batendo novas palmas. Rebolei pela cama, tomando coragem. Virei de barriga para cima. Devido à claridade, abrir os olhos foi uma tortura lenta. Meu olhar vagou, fora de foco, desfazendo-se em direção ao teto.

— Virgílio, sério, tô morrendo de sono. E meio enjoado, bebi demais na praia hoje cedo.

Ao ouvir essa argumentação, ele parou:

— Como é dura a vida do jovem poeta!

Por instantes, ficou esperando uma resposta. Aí disse:

— Vai logo, se veste. Precisamos comemorar.

— O quê?

— Decidi fazer minha vida. E não adianta pedir, me recuso a contar mais para alguém de cueca.

— Eu não ia pedir.

Virgílio nem se abalou, nem ouviu:

— Neste ambiente pegajoso, lânguido, emaconhado, não conto porra nenhuma. Bota as calças.

Contra aquele ímpeto não ia ter jeito. Tratei de me mexer. Além da ressaca, o porre deixara outra herança. Antes de cair no sono, eu havia sentido uma ardência leve nos ombros, mas, naquele momento, tive noção exata do quanto de sol a bebida me fizera aguentar. Geralmente muito branca, minha pele estava cor de mercurocromo. Torrada até no verso dos braços, das pernas, nas dobras dos joelhos.

Levantei no sacrifício. Ganindo baixinho, pus o jeans e o mocassim — eu, adolescente, já gostava mais de sapato que de tênis, que que eu vou fazer? Fui até o banheiro no corredor. De porta aberta, dei aquela mijada maravilhosa. Procurei um creme hidratante, mas seria pedir demais de uma casa onde morávamos eu e meu pai.

A luz invadia o apartamento por todos os lados, incandescente. O calor trucidara o efeito do ar-condicionado.

Enquanto eu lavava o rosto, tentando driblar o embrulho na barriga, Virgílio ia além da hiperatividade normal. Eu podia ouvir sua agitação. Ainda monofásico das ideias, olhei no espelho. Eu e minha beleza humilde, envergonhada. As marcas de travesseiro na minha cara sumiriam naturalmente. Os cabelos rebeldes, entretanto, precisavam de uma intervenção mais enérgica. Tomando fôlego, penteei-os com água da pia. Minha pele fritou nos ombros. Mais desperto, escovei os dentes e voltei para o quarto. Virgílio segurava uma folha de papel que demorei a reconhecer. Ao perceber qual era, quis arrancá-la de suas mãos, mas estava sem forças. Procurei apenas ser enfático:

— Ainda não é pra ler isso.

— Poeminha novo é, bicha? — ele disse, e começou: — Bom título, "Minha Vida".

— Para.

Virgílio não parou, lógico:

Comecei a jogar tênis,
perdi dois relógios.
Fiquei no emprego,
desliguei a televisão.
Transei com você,
e nunca mais tomei refrigerante.

Minha vida é assim. Tem nexos estranhos...

— Ui! — ele exclamou ao terminar, enfatizando o ridículo da minha situação. — Quanta mentira, Marcocéfalo! Até parece que você não planeja cada mínimo passo que dá. Deixa de ser afetado.

— Esse poema não é afetado.

— Ah, não?

— Para! — eu insisti, agora muito enfaticamente, estendendo a mão e exigindo que me devolvesse a folha.

Virgílio obedeceu:

— Já vi mesmo, pode esconder.

Enquanto eu guardava meu poema na gaveta, ele espetou a mão na altura dos meus pneuzinhos:

— Então vamo, cheio de pulga!

Me contorci, doeu. Ele jogou uma camiseta nas minhas mãos. Vesti em câmera lenta, sofrendo com as assaduras pós-praia.

— A minha chave? — perguntei, ganhando um tempinho para não sair de casa antes de acordar inteiramente, antes do mal-estar ir embora.

— Aqui — respondeu Virgílio, com um toque de irritação.

— Chave, carteira, baseado...

— Cê quer que eu te agradeça?

10.

No Rio, ninguém escapa do calor. Nos morros ou no asfalto, o calor é insuportável, calamitoso. Nas ruas, prédios, táxis, cabines, banheiros, lojas, parques, feiras, becos, praças, cozinhas, corredores, em todo o lugar, o calor. Aquele que, nas noites de verão, faz os lençóis queimarem a pele da gente. Ninguém escapa, mesmo. Virgílio tinha uma frase: "Aqui, Deus, o calor e a kombi da pamonha são onipresentes; onisciente, só a kombi da pamonha; onipotente, só o calor". Gotas quentes, grossas e salgadas escorrem por dentro da camisa. Nas pernas, a calça vira um chumbo. É suor até nas partes expostas do corpo; pingando na testa, fazendo poça nas sombrancelhas, porejando nos braços e na palma das mãos.

E assim, debaixo de um sol escaldante, chegamos a São Conrado, com destino à Pedra Bonita. Intui-se, conhecendo as recentes administrações da Cidade Maravilhosa, que onde deveria haver uma placa indicando a Estrada das Canoas, não havia placa nenhuma. Pegamos a saída errada. Verificado o engano, demos meia-volta e paramos num posto de gasolina. Alguém ali haveria de saber o caminho.

Enquanto Virgílio se entendia com o primeiro frentista que apareceu, resolvi cortar meu enjoo dando uma forrada no estômago. Na loja de conveniências, comprei um sanduíche e uma coca. Já tudo certo quanto ao trajeto, Virgílio também foi comprar "alguma coisa". Voltou com a mochila repleta de latinhas de cerveja. Informados e abastecidos, chegamos na estrada.

Fomos subindo devagar. Eu, quieto, comia meu sanduíche; Virgílio, dirigindo, bebia a primeira lata. A estrada era sinuosa, de mão dupla e com pista única em cada sentido. Mas boa, até. Bonita, pelo menos, era. Um fundo verde emoldurava as construções junto à pista.

Procurei entender a vizinhança e sua paisagem; meio favela, meio subúrbio atrofiado pela geografia. Aquela comunidade vivia entre os condomínios luxuosos pegados ao mar e, no alto da montanha, o lazer radical dos cariocas. Seus barracos pobres se amontoavam, geminados a casas de dois andares, todas de frente para o asfalto. As casas eram feias e simples, mas tinham varandas no segundo piso, onde redes e churrasqueiras marcavam o status privilegiado de seus donos, ou, no mínimo, indicavam prazeres comuns entre eles. Seus proprietários deviam ter emprego mais longe, no asfalto. Já os donos dos barracos, miudinhos, tocavam a vida na beira da pista; sentados nos botecos, batendo papo, driblando moscas num açougue, negociando com mecânicos das oficinas. Olhando-os, fomos olhados, mas a velocidade do carro impediu maiores contatos.

A uma dada altura do caminho, o movimento de gente e as construções acabaram. A floresta pulou para o primeiro plano. Suas folhas crepitando, verde-escuras, insinuando a vida latente dentro do matagal.

A conformação das montanhas deixava a estrada na sombra. O Córrego das Canoas seguia farfalhando próximo a nós. Não conseguíamos vê-lo, mas estava por perto, rondando. Virgílio, rei da cultura inútil, comentou que antigamente, a serviço das grandes fazendas das zonas norte e sul da cidade, feitores e capitães do mato acompanhavam o curso de suas águas, atravessando por ali a floresta e as escarpas do maciço. Iam e voltavam da praia da Gávea, hoje de São Conrado, onde acampavam à espera de navios negreiros e grandes lotes de escravos. Em si, uma tarefa hercúlea, mas ainda não comparável à dos africanos. Estes, mesmo chegando esgotados, quase sempre famintos, fossem novos ou velhos, sãos ou doentes, eram logo postos para carregar peso, debaixo de muito grito, de muito chicote, e obrigados a fazer o trajeto de volta pela montanha. As escaladas implicavam subidas de uns trezentos metros, talvez mais. As altitudes por lá chegam a seiscentos. Só isso.

Não entendo muito de relevo, nem tenho bom instinto cartográfico, mas suponho que algumas trilhas se dirigissem à Tijuca, outras à Lagoa, quem sabe Leblon e Ipanema.

Enquanto eu imaginava o sofrimento, Virgílio pingou o veneninho:

— Que falta fazia a avenida Niemeyer... Se ela já existisse no Brasil Colônia, ia ter carregamento de crioulo chegando e saindo todo dia, na maior.

Fiz uma careta, ele percebeu:

— Qualé, Marcotário? Depois da história, só a iconoclastia salva. Um pouco de sadismo tropical não faz mal a ninguém.

— Olha que os teus antepassados vão ouvir.

— Fantasma não liga pra taxa de melanina. E eu não tenho nem família direito.

Diante dessa, calei minha boca. Ingratidão tem limite. Mordi meu sanduíche e mastiguei. Sua mãe e seu pai teriam um treco se ouvissem aquilo. Ela sobretudo, que o criara até melhor que a um filho natural, mimando-o demais, fazendo todas as suas vontades. O próprio carro em que estávamos, sempre sequestrado por Virgílio, era dela. E, detalhe: nem ele nem eu tínhamos carteira.

Após a leviandade antológica, ele continuou dando vazão a seus caprichos: "Marcolino, taca fogo". Só o que faltava; Virgílio dirigindo inabilitado e doidão. Recusei-me a acender o baseado, alegando que ainda estava comendo. "Raro uma blitz por aqui", respondeu ele, adivinhando meus verdadeiros motivos. Para me tranquilizar por completo, no seu melhor estilo antropólogo de botequim, desenvolveu o seguinte raciocínio: "Toda a cidade tem buracos negros, onde a violência e a criminalidade barram a entrada da lei. O Rio tem isso, claro, mas é uma das poucas cidades onde também a revolta pacífica é capaz de criar áreas e códigos alternativos. A beleza natural cria nuanças inesperadas na divisão do espaço social. Taca fogo".

De cara feia, acendi o baseado. Passei. Virgílio pinçou-o com a ponta dos dedos, sem largar a cerveja ou sequer diminuir a velocidade. Desabusado, pôs-se a chupar e soltar a fumaça.

O vale era um corredor de ventos, empurrando o automóvel para cima. Passamos por um mirante na estrada, onde vimos dois outros carros estacionados e de portas abertas. Um grupo admirava o mar de São Conrado. A massa gigantesca ondulava em tons de verde e azul; esmeralda, turquesa, azul-escuro, verde-água...

À esquerda no horizonte, um grupo de três ilhas — ao centro, uma redonda e, à direita, três menores —, as famosas Cagarras. O dia de verão dava uma nitidez incrível às coisas longínquas. Viam-se as gaivotas, pontos brancos rodeando os paredões de pedra, a vegetação miniaturizada, o movimento disseminado das marolas.

Continuamos a subir, em silêncio, zapeando mentalmente imagens e ideias.

Do alto das árvores, sem aviso, uma revoada estridente decolou. Dezenas de maritacas pularam no ar, tão barulhentas que nos assustamos quando vieram em nossa direção. Um corpo fechado em movimento. Virgílio, freando ligeiramente, botou a lata de cerveja entre as pernas e passou o baseado para que eu o segurasse. Os pássaros deram um rasante no carro, borrões de cor passando e gritando alto. Por fim, desapareceram atrás de nós no mato fechado. Para o meu amigo, nada menos que a benção da montanha. "Então tá", eu disse. Guardei o baseado na caixa de fósforo, que pus no bolso. Em seguida, terminando meu sanduíche e refrigerante, devolvi os guardanapos sujos e o copo ao saco de papel da lanchonete, cuja abertura eu dobrei. Acomodei o lixo no painel, para jogar fora mais tarde. Virgílio ridicularizou meus cuidados, "Coisa de viado".

Respondi, dizendo que os cariocas em geral, e ele, às vezes, tinham um prazer maluco em ver o Rio maltratado, sujo, desperdiçado. Era uma culpa narcísica, por morarem na cidade mais bonita do mundo; autodestrutiva, em nome da qual castigavam-na, e a si mesmos, pela perda do antigo status de capital; e inconsciente, pois na superfície estão sempre fazendo-lhe declarações de amor. Esta culpa doentia resultou, entre outras coisas, no socialismo moreno, populista, antipragmático e infantil sob o qual vivíamos, a agonia da antiga esquerda. Fazer o mal para o Rio significava fazer o bem para o país e, portanto, recuperar um papel nacional.

Não adiantou eu falar, nunca adiantava: "Coisa de viado".

Superior a nossas discussões, uma natureza imensa ia pouco a pouco nos engolindo. Aquela montanha, apesar de incrustada no meio da cidade, era um Parque Nacional. De quando em quando, micos de barbicha branca quicavam nos galhos das árvores, aves mais nobres balançavam as moitas, urubus rodopiavam nas alturas. Mais escondidos, devia haver até gambás, tatus, gatos-do-mato, esses bichos. Presenças invisíveis, silenciosas, mas impressionantemente livres na imaginação da cidade e de seus habitantes. No

Rio, o fator humano está longe de ser indispensável à paisagem. Parque Nacional ainda é floresta. Talvez isso explique tudo. As cigarras zumbiam pelas encostas. O carro balançava nas curvas. O calor diminuía à medida que subíamos, finalmente quebrado pelas sombras da vegetação. Virgílio quis fumar mais maconha. Disse-lhe que esperasse chegarmos ao fim da Estrada das Canoas.

Ele então abriu o segredo que mudaria sua vida. Passou a projetar, sem censura, as fantasias mais otimistas: novos rumos, artes de vanguarda, teatros lotados, fama, dinheiro, ousadias estéticas continuamente recompensadas. E, de outro lado, pôs-se a desafiar todos os estorvos: opção profissional arriscada, pressão familiar, independência ameaçada. Metas e obstáculos cujo embate congelavam-me o cérebro, e a Virgílio ferviam o sangue. Eu, mesmo tentando, não me contagiava por aquele entusiasmo. A minha antiga pressa havia sido interiorizada, sendo agora de outro tipo. Eu continuava com muitas ambições futuras, mas me tornara uma pessoa marcada pela sensatez.

Ouvi ele falar sobre a decisão e a comemoração para a qual estava me levando. Ambas muito perigosas. Por que não evitar, pelo menos, os riscos desnecessários? Pedi que desistisse daquele voo. Sempre achei que meu amigo deveria ser protegido contra seu temperamento. No meu juízo, qualquer pessoa inteligente preferiria não se aventurar numa asa-delta absurda.

Culpa minha não captar que satisfazer um impulso natural, uma fantasia livre, espontânea e inconsequente, com certeza, era uma emoção maior que a fria conquista de um objetivo racionalmente definido.

Pequenos triângulos coloridos deslizavam no céu, dando verossimilhança às bravatas de Virgílio. O esporte se transformava numa exibição de força irresponsável; e a liberdade, a placidez visual que sugeriam as asas, distantes de todos os problemas, viravam um retrato escandaloso da imaturidade do meu amigo.

11.

Do lado oposto da estrada, vimos uma pequena guarita. Virgílio tirou o carro do asfalto, subindo num quase acostamento, até que confirmássemos nossa localização. Logo percebemos vários carros alguns metros à direita. Era o estacionamento dos visitantes. A partir dali, turistas e curiosos em geral seguiam a pé. Só quem fosse voar tinha direito de levar o carro até um outro estacionamento, próximo à rampa. Havíamos chegado ao caminho da Pedra Bonita, a segunda parte da viagem. Virgílio deu uma acelerada repentina, cruzando ambas as pistas e apontando diante da guarita. À primeira vista, parecia vazia. Reparei imediatamente nas paredes tortas, carcomidas pela umidade do lugar, e, sobre a pintura branca e gasta, no desenho colorido de um homem com cabeça e asas de pássaro, em pleno voo demoníaco. Enfim percebemos dois vigias, sentadões no meio-fio, guardando aquela construçãozinha miserável.

Sem pressa, eles se levantaram e vieram até nosso carro. Meu amigo explicou que estava sendo esperado lá em cima por um instrutor, "Alexandre". Sabiam de quem se tratava. Ao nos deixarem passar, levantando uma cancela enferrujada, avisaram para que subíssemos buzinando, pois a pista era estreita. Já fora da estrada principal, foi a minha vez de acender o baseado. Virgílio enfiou a mão na mochila e pegou outra cerveja (àquela altura, a primeira já estava amassada e rolando no chão do carro). Abri uma também, encorajado pelos efeitos hipoteticamente restauradores do sanduíche.

Rapidinho, no entanto, a maconha foi travada e as cervejas vieram para o meu colo. A pista era mesmo estreita, como os vigias haviam dito, mas o simples alerta verbal não dava ideia do que encontramos. Buzinar a cada metro não era apenas recomendável, era fator de sobrevivência. Todas as curvas, de repente, ficaram absurdamente íngremes, verdadeiros joelhos pontiagudos. Crateras, sem exagero, brotaram do asfalto. Os pneus subiam e desciam, aos trancos. A cada sacolejo mais forte, eu sentia minhas costas arderem, e agarrava no painel; Virgílio trincado no volante. O asfalto puído começou a fazer um barulho tenebroso. O mato invadiu a pista. Verde e escorregadio. Umidade até nos troncos, até nas pedras. O campo de força dos barrancos entrou em ação.

Agora, vamos ser francos: só entende o Rio quem, das fronteiras entre a perfeição natural e a instável ordem urbana, souber extrair um estilo de vida, uma ética muito sutil e peculiar. Eu me revoltava, tinha ataques de indignação cidadã, de onipotência civilizatória. Já Virgílio era um adepto fervoroso do modelo.

Tanto que adorou a adrenalina. Eu a suportei. Para mim, a melhor coisa daquela estrada foi sua curta extensão. Um quilômetro depois, no máximo, acabou. Demos num canteiro de pedras, circular e aterrado até a boca, que devia ter uns dois metros de diâmetro por um e meio de altura.

Nele, acima do chão, uma velha jaqueira ocupava lugar de honra, com uma dinâmica própria e muito curiosa. Em função da sombra de suas folhas, as outras plantas, mudinhas raquíticas de mangueiras e palmeiras, eram condenadas à mais completa insignificância. Pareciam brotos ralos de grama. Mas a árvore, comparada a jaqueiras normais, era também subdesenvolvida. Havia pouco espaço para suas raízes. Duro destino, da pobre criatura egocêntrica, claustrofóbica, esquizofrênica, vítima e vilã. Gostei dela.

O canteiro dividia a pista em duas, que o circundavam e se reencontravam logo à frente, no estacionamento exclusivo dos voadores. Lá, mais carros. Paramos o nosso. À direita, uma porteira levava a três ou quatro casas enfileiradas, de funcionários do parque (só podia ser). À esquerda, num barranco, havia uma escada tosca, feita com grossos dormentes de madeira, que continham a terra úmida e assim formavam os degraus. Era o acesso à rampa.

Virgílio, saltitante, recomeçou a falar sobre seus planos, sonhos, profecias, esperanças e delírios, sem parar. "Vou dirigir meu primeiro curta", "montar uma companhia", "escrever um manifesto", "trepar loucamente com todo mundo", "você vai ver".

Eu vinha alguns degraus atrás, incomodado pela ardência nas minhas costas e pelo enjoo renitente no meu estômago. O sol, o sanduíche, a maconha e a cerveja não me haviam feito tão bem quanto seria de se esperar. Ainda por cima, estava aflito, sentia-me indisposto, pessimista, melancólico... Virgílio e seu destino, o voo; o meu próprio destino, que faria dele? Do medo de esconder mostrando demais? Poeta sem coragem de fazer poemas.

Nossa amizade, mantida por um passado de experiências comuns, que resultaram em temperamentos opostos, o que seria dela?

Por sorte Virgílio trouxera a mochila de cervejas, e resolvi curar o enjoo com tratamento de choque. Emborquei o que restava da minha primeira cerveja e, segurando meu amigo no meio da escada, catei mais uma latinha.

Tive então a má ideia de perguntar:

— Qual a cara desse instrutor?

— Sei lá. Só falamos por telefone.

— E como vamos saber quem é?

— A asa dele é branca, com três faixas diagonais, uma vermelha, uma laranja e uma amarela.

— Você conhece alguém que tenha voado com ele?

Virgílio me chamou de "Marcagão". Explicou que Alexandre era piloto profissional, vivia de fazer voos duplos. Gabando sua competência, chamou-o de Alexandre, o Grande, dizendo assim ser ele conhecido na tchurma dos voadores. E já fora, voando, de São Conrado ao Cristo Redentor.

— De São Conrado até o Cristo, Virgílio, peraí...

Desprezando minha incredulidade, meu amigo apontou no alto da rampa. Eu cheguei logo depois.

Num mirante superior, duas torres metálicas brilharam ao longe. Micro-ondas sobrevoando a cidade, um novo Sumaré.

12.

A clareira era bem menor do que eu esperava. Até acanhada, pode-se dizer. E o verde ali tinha um quê cenográfico. Uma cortina de folhas fazia a volta no platô, apenas interrompida na frente da rampa de decolagem. Mas não era a floresta. Atrás dos arbustos, quinhentos metros de vazio.

À esquerda de quem chega, a própria rampa parecia pequena, além de grosseira e precária. Seus pilares desciam por quatro ou cinco metros, aos pares, em meio ao capinzal. Reles estacas. Os voadores eram tão informais quanto o lugar de onde pulavam. Eu os imaginara em roupas transadas, cheios das proteções, botas e capacetes. Coisa nenhuma, tudo bem mais improvisado. Iam de short e sandália.

Aqui e ali, várias birutas tremulavam, estufadas pelo vento, que vinha do mar em direção à montanha.

Lá embaixo, iluminada pelo sol e instigando o espírito aventureiro da burguesia carioca, a vista de São Conrado reinava. O azul do mar, a faixa branca de espuma e areia, o traçado cinza do asfalto, o verde fofo do Gávea Golfe Clube. Alguns saltadores, com suas asas de cores berrantes, já se preparavam para voar. Outros, também prontos, esperavam sei lá o quê. Olhando aquilo tudo, tive um medo enorme de pular de repente, sem motivo ou equipamento. A excitação de Virgílio era óbvia. A altura realmente o fazia crer que todos os seus sonhos dependiam da próxima bolha térmica. Ao avistar a asa descrita pelo instrutor, trocou acenos com o desconhecido mais próximo a ela. Fomos até o sujeito.

— Qual de vocês é o Virgílio?

Meu amigo se apresentou e, depois, a mim. O tal Alexandre me olhou com desconfiança, secando minhas roupas e meu sapato. Arrisquei um comentário amigável, sobre a coincidência de nós três termos nomes de vultos célebres da Antiguidade: Virgílio, Marco Aurélio e agora Alexandre, o Grande. O instrutor deu um sorriso superior, satisfeito em sua ignorância. Virgílio olhou para o chão. Minha observação, menos culta que infeliz e pedante, gerou uma sintonia imediata entre os dois. Nem sei por que fiz comentário tão idiota.

Virgílio era uma pessoa de amizades instantâneas, exceção feita a nossa. Muitas vezes se aproximava dos chatos por um interesse prático, como agora, ou por curiosidade antropológica. Quando cansava, descartava-os sem a menor cerimônia. E eu, que havia aprendido a manter distância das pessoas, mas não conseguia cortá-las tão rente, sofria por tabela essas idas e vindas.

O instrutor nos apresentou um colega, Zé Emílio, outro piloto profissional. Seu rosto era um pouco mais inteligente; seu discurso, menos rudimentar. Ele incentivou Virgílio, relembrando as sensações do dia em que havia pulado pela primeira vez. Em seguida, gabou a maestria de Alexandre. Meu amigo se disse excitado e sem medo.

Outro voador, Fábio, se juntou ao grupo. Alexandre apresentou-o a quem interessava:

— Ele é que vai fazer o duplo comigo.

Virgílio, já o centro das atenções, depositou em meus braços a mochila. Escutei o entrechoque convidativo das últimas latinhas de cerveja.

Eu estava ali como reles acompanhante, figura secundária e inexpressiva. Não foi dito, não ficou explícito, mas os voadores souberam transmitir a mensagem. Depois de um tempo, mal me olhavam. Meu jeito — roupas e reações — não batia com o deles. Eu não voava.

Enquanto os assistia conversando, me sentindo podre por dentro e por fora, um voador levantou para a decolagem, atrás de nós.

— Cabeçaaaaa!

Nosso pequeno grupo se dividiu, dando passagem à asa, de uns três metros de envergadura. Aproveitando a chance de me isolar, saí de fininho. Fingi que fui ver a vista e me apartei. Não sentiriam minha falta.

De longe, pude reparar melhor nos novos amigos de Virgílio. O Alexandre era alto, muito bronzeado, tinha cabelos compridos, corpo de atleta e mãos grandes. Estava sem camisa, só de bermudão e tênis. O segundo, Zé Emílio, usava camiseta branca, calça de abrigo e chinelos. Fábio, o mais claro deles, estava com uns óculos de lentes espelhadas, tinha o nariz e os lábios cobertos por uma pasta branca e, sem camisa, usava apenas um short, que revelava uma tatuagem sinistra na batata da perna.

No entorno, vi duas mulheres sentadas no chão, poucos metros adiante. Estavam juntas, acompanhando alguém. Quem? Seria um daqueles figuras? Qual? Quais? Melhor não saber. As duas tinham olhos claros, eram jovens, atléticas e lindas, com uma cor de pele maravilhosa. Nunca beleza, força e saúde foram tão indissociáveis. A loura segurava pela coleira um imenso cão dinamarquês, cinza malhado de cinza-escuro, com a barriga e as patas brancas. O bicho era uma presença bizarra no topo da montanha, de uma agressividade surrealista. A outra, morena, estava de bermudinha e sem camisa, apenas com a parte de cima do biquíni. Cogitei uma explosão de sexualidade animal. Mas eu era eu. E depois, o dinamarquês não iria deixar.

A turma de voadores conversava junto às estruturas de alumínio, sob a quase sombra dos retalhões sintéticos e coloridos, roxos, vermelhos, amarelos, marrons, verdes. Vazando através das cores, a luz tingia as pessoas, o chão, o ar. Por todo o lado, eu enxergava uma filosofia de vida que jamais poderia ser a minha, uma espécie de coloração espontânea, que eu simplesmente não tinha e nem poderia adquirir. Olhando meu corpo, meu bronzeado artificial, antinatural, a própria natureza me dizia isso. Naquele grupo, a obrigatoriedade de se estar sempre alegre, a beleza física, o tônus muscular e a agressividade eram sinônimos de autorrealização. Sinais de poder em meio ao caos urbano. Tudo entre aqueles homens e mulheres esportistas me parecia abrutalhado, até o amor. "Primitivos corpóreos", costumava dizer Virgílio, que por puro culto à idiossincrasia nos levara até ali.

No ponto da decolagem, encravado no alto da montanha, revivi este desconforto intimíssimo, apesar de óbvio para qualquer estranho que, por um segundo, me analisasse com calma. Minha cruz. Nem a beleza do dia de verão a tornava mais leve. Nem a nova cerveja que eu acabara de abrir.

A raiva nos dá as armas? A sede pelo poder? O egocentrismo? A cobiça? Até poderia acreditar nisso, mas e eu, então? Era desprovido de raiva?

Infelizmente, esse autoengano ia além da cota permitida. A pergunta correta era: por que a minha raiva não se convertia em força? Por que ela se embotava no ressentimento?

O sanduíche do posto de gasolina se retorceu aqui dentro, repassado em cerveja e maconha.

Quando mexe, frio,
Parece em conserva.
Sente prazer, incômodo,
A dor o abraça e dilui.
E se um espelho reflete, triste,
Ele inverte o real.

Mas o corpo está chamando...

Lembrei de um dos meus poemas. Se algum dia eu perdesse o medo de escrever, realmente... Desejo amedrontador, mesmo isolado, e ainda mais levando-se em conta os possíveis resultados. Não havia como saber quando eu estaria pronto, eu supunha, em nenhum momento da vida.

Quando não dorme, constante,
Sonha mais a madrugada.
Nos dias em que não come, magro,
Acaba falando grosso.
Por vezes é até bom de cama,
Goza limpo, só.

O corpo que vai passar.

Algo roncou bem errado no meu estômago. Contrito, fui passeando pela rampa. Suas longas tábuas disparavam rumo ao precipício, mexendo comigo.

Reparei num altarzinho coberto, próximo à escada, e fui checar em devoção a que santo fora erigido. São Conrado, pintado em azulejos, rezava uma oração protetora aos praticantes do voo livre.

13.

Na cabeceira da plataforma de decolagem, a luz da tarde dourava suavemente a pele escura de Virgílio. Seus olhos muito verdes contra o sol. Suas narinas largas, puxando com força o ar fresco da montanha. O vento fazia tilintarem suas trancinhas pretas; antenas vivas, irrequietas e elétricas. Seu corpo franzino e esguio se agitava. O oposto da presença estudada, atarracada e máscula do instrutor e dos colegas, que lhe davam conselhos numa impostação truculenta, ou verificavam concentrados minúcias dos quesitos de segurança.

Virgílio, tão estranho àquele mundo quanto eu, paramentava-se com uma alegria inconsequente, aprontando-se para o voo a dois. À vontade, como sempre. Inadequado e desbocado, mas com seu jeito especial de desarmar as pessoas. Acabava querido nos grupos mais improváveis. Enquanto era amarrado na asa, fazia graça com as recomendações do Grande Alexandre, ridicularizando sua própria inexperiência e gozando os jargões que ouvia: barra de controle, "odeio gente ciumenta", longarina do bordo, "a puta do navio", cabo de tensão, "Você também é chegado?".

Eu, que acredito nas palavras, jamais colocaria minha vida na dependência de coisas cujo nome não entendo. Meu sonho sempre foi usar palavras simples para dizer o que penso. Eu podia sentir a ligação entre o autoconhecimento e a minha resignação em ser comum.

Diante de nós, a paisagem faiscava em toda sua glória, como um espetáculo imponente, esfuziantemente iluminado. Na praia do Pepino e na cidade, o sol se multiplicava nos corpos seminus (a impossibilidade carioca do anonimato), nas gotas de água do mar, na areia branca, nos tonéis de limãozinho e mate, no papel-alumínio que embrulhava os sanduíches naturais, nas matracas do vendedor de pirulitos, nos isopores de sorvete, nos biscoitos de polvilho, nos óculos escuros, nos tabuleiros de cocada, nas barracas coloridas, nos plásticos, nas latas, nos lixos, no vidro dos prédios, nos carros que passavam; um ricocheteio de raios velozes e intensos.

Dava para imaginar o asfalto, armazenando calor havia horas. Quem cresceu no Rio sabe. A gente atravessa a rua descalço, saindo ou chegando da praia, e sente a sola do pé grudando no asfalto amolecido.

Na formação mais distante do maciço, o morro Dois Irmãos, com a Rocinha debruçando-se sobre a cidade. Do lado de lá, Ipanema, Copacabana, mar azul. Uma segunda montanha, mais próxima à rampa, chamava-se, segundo apurei por ali, Crocaine. Seria um apelido dado pelos voadores — fiz um trocadilho mental com *cocaine* —, ou Cochrane, em homenagem a algum saudoso imperialista das antigas? Havia uma rua lá por baixo, ou estrada, dita dos ingleses... Era, de todo modo, uma senhora montanha.

À direita, quase às nossas costas, ficava a Pedra da Gávea. Misteriosa e solene.

Quando olhei o mar, o dono do horizonte a minha frente, tive medo. Podia engolir meu amigo. Um pingo de gente, literal, caindo na água infinita.

Olhei para os lados. E se Virgílio caísse nas montanhas em volta? Era morte certa, igualzinho. Migalha no carpete verde. Se fosse comigo, pensei, eu teria um medo ainda pior: a queda imediata. Tudo acabar no primeiro salto, rápido e sem tempo para refletir (eu não gostaria de viver nem minha morte sem consciência). Um tombo estrondoso e patético. Como aquelas cenas de pioneiros da aviação, dirigindo trapizongas aceleradas e se estabacando feito personagens de o Gordo e o Magro.

Caminhei cuidadoso pela rampa, em passos lentos, olhando a minha volta, para enxergar um sentido nas coisas que via, naquelas pessoas tão jovens e bonitas; naquela paisagem maravilhosa, de uma cidade fodida. Naquele dia lindo, de calor insuportável. Na estranha combinação de sol e mar, praia e montanha, asfalto e favela, insignificância humana e imensidão da natureza. No fato de ser jovem e me sentir um velho. Naquela boa vida tão difícil, tão corrida e tão presa.

Continuei andando, meio tonto, aéreo. Tinha fumado e bebido demais. Ao chegar na beira da rampa, ainda em pé, olhei para baixo. Vi o abismo, abrindo.

Fugi, olhei para o céu. Ele se abriu também. Tornei a fugir, voltei-me para o alto da rampa. Vi meu amigo, sem saber o que pensar.

Virgílio, só alegria, estava prestes a cometer aquela modalidade disfarçada de suicídio. Ele e os voadores vibravam com a cerimônia radical de iniciação. Com sorte, sairia voando num retalhão de náilon, amarrado nuns tubos michas de alumínio e sem qualquer treinamento prévio. Quem o visse não acreditaria que o abismo era de verdade. Pensando bem, lá de cima a imensidão parecia mesmo um cenário fora do mundo, uma dimensão grandiosa demais, incompatível com a realidade cotidiana, comparada à qual a vida e a morte das pessoas é uma besteira. E, no entanto, eu estava preocupado.

Terminei mais uma cerveja. À beira da rampa, fiquei um tempinho na esperança de curar o enjoo com o vento que batia na minha cara. Tentei segurar a ansiedade. Depois, respirei fundo e subi para junto dos outros. O coração batendo, os olhos baixos, estranhados, envergonhados de tudo. Vi que Alexandre também já se prendera à maldita asa. Ensaiava com Virgílio os movimentos de decolagem, assistido pelos colegas.

Intimidado, cheguei perto de Virgílio:

— Você vai mesmo?

Assim que terminei a pergunta, o instrutor me fuzilou. Os outros voadores me encararam também.

— Já fui, cumpádi — ironizou meu amigo, carregando no sotaque marginal.

Nisso ele era especialista: preocupar as pessoas mais queridas, nunca se preocupando com nada.

— Vai arriscar a vida, à toa?

— Marcovarde...

Virgílio e sua mania de estropiar meu nome. Daquele jeito, na frente daquela turma, era um insulto. Respondi secamente:

— Fala.

— Beijo na bunda, e até segunda.

Típica leviandade, típica. Todos riram. Virgílio, nos momentos mais críticos, fingia que nada de grave estava acontecendo. O que valia era a "radicalidade".

Saí de perto, puto, enjoado, ardido, envergonhado. Fui para trás da asa. Não tinha nada a ver com aquilo. A ideia do voo não era minha, eu não sabia quem eram aquelas pessoas, não confiava nelas, não me sentia acolhido e já tinha tentado arrancá-lo dali. E mais, não pedi para vir, estava quieto na minha casa. Quer voar? Voa, filhadaputa.

14.

Não demorou muito. Virgílio e o instrutor deram os primeiros passos. O triângulo colorido balançou, grandalhão. Os dois começaram o trote. Aí a corrida, curta ainda, buscando sincronia. Em seguida mais larga. Um já sombra do outro. O horizonte se alargou — respiração —, a altura — galope —, e ouvi o barulho na rampa...

Cobri o rosto quando Virgílio se projetou no ar. As vozes ao meu redor pararam de repente. Não deu para entender o que havia acontecido. Quando olhei, não vi asa nenhuma no céu.

Fui correndo até a beira da rampa e olhei para baixo. O verdadeiro espírito científico preferiria a dúvida, mas eu não, embora a bebida me tivesse roubado um pouco a agilidade e a firmeza. O vento bateu no meu rosto, porém, e não vi nada outra vez.

Então, um movimento invisível no abismo. Meus olhos correram atrás. Estavam lá; inteiros, por milagre. Deu para sentir quando pegaram a corrente e se firmaram. Durante algum tempo, embasbacado, assisti-os galgar as bolhas de ar quente. Tinha dado certo. Improvável, mas aconteceu. A asa ganhou altura.

Alívio, ou, pensando bem, eu era mesmo um bundão. Olhei em volta, e ninguém levara o mesmo susto. Decepcionado comigo, sentei onde estava. Zé Emílio e Fábio, graças a Deus, me deixaram sozinho. Vi de longe suas comemorações, seus cumprimentos de coreografia espalhafatosa, cheia dos braços levantados, taponas estaladas, polegares dançantes. Por trás de cada voador, surfista, skatista, ou erudito, um quadro psicopatológico. Ser normal é uma vocação difícil, duvidosa e muito solitária. Olhei para baixo, intensamente. Dava para se jogar. Rio de Janeiro, cidade contra a qual me protegi a vida inteira. É isso aí: protegido contra. Eu sentia aquela terra ferver.

Caberia a mim, dali a pouco, descer a montanha de carro e buscar Virgílio na praia. Ou seja, entrar no inferno de ar-condicionado ligado. E, importante, respeitando o limite de velocidade, botando seta, olhando sempre pelo retrovisor, tudo direito. Sem carteira, mas dirigindo feito um domingueiro senil. De um bom-mocismo enojante.

Meu pai uma vez me perguntou qual de duas máximas latinas eu preferiria como filosofia de vida: "Aproveita o dia" ou "Áurea mediocridade". Contando a Virgílio, ele se derramou em elogios à maneira como meu pai me educava. E quando retruquei, dizendo que tinha dúvidas se a contradição explícita nas opções era mesmo obrigatória, ele me respondeu: "Sofisma, machinho sensível, sofisma. Teu pai não era Deus pra te ensinar isso".

Há quem diga que a vida vale não pelo que se vive, mas pela forma como é vivida. Sendo assim, uma biografia minimalista como a que eu vinha construindo poderia ser de grande profundidade. O sedentário poderia ter uma trajetória existencial tão rica quanto o aventureiro, o casto e o devasso idem, o pintor e o cego idem idem, e por aí vai. Embora achasse esta uma bela ideia, e quisesse muito aplicá-la na vida, não conseguia sentir que fosse verdadeira. Para mim, era uma racionalização atraente, mas um tanto falsa. Mesmo usando, constrangido por circunstâncias externas e internas, a máscara de pessoa equilibrada, eminentemente contemplativa, sentia latente uma ambição desmedida que me humilhava, uma inquietação, uma ânsia de agir, de fazer, de construir um futuro cheio, de vida, de experiências, de permanente e simultânea excelência artístico-ético-sexual, ou sexo-ético-artístico, ou, se tudo desse errado, pelo menos ético--alguma coisa. Diante de tanta cobrança, diante de tantas limitações, qualquer possibilidade de pacificação, é claro, ficava completamente afastada. Era a minha angústia.

A asa manobrava tranquila no espaço. Manobras largas. Muito alto, muito longe, como se não corresse perigo nenhum. Apesar do vento, consegui acender o que sobrava do baseado. A liberdade prometida no perfume daquelas brasas. Enchi o peito de fumaça, prendi e soltei. Enchi. Prendi. Soltei. Fui tentando relaxar, esquecer que havia outras pessoas por perto. Mas era impossível. A angústia cresceu.

Lá embaixo, a imensidão, o mar e o asfalto. Lá no alto, deslizando, Virgílio. A vida de cabeça para baixo, o destino se abrindo e se fechando, como uma boca, a armadilha gente grande, niilista, matemática. E ele? Voando, literalmente. Talvez as viradas biográficas, talvez a sorte geral, o tenham feito irreverente assim. Um jeito alucinado de ser amoroso. Solitário assim. Dando-se ao direito de pular em correntes invisíveis de ar, que subiam pelas encostas, rodopiavam e construíam trajetórias, rebatiam, se interpenetravam, mais lentas e espraiadas, ou mais rápidas e ascendentes, fazendo a asa cruzar o céu num balé antigravitacional.

Eu e Virgílio insistíamos em apostar nossa autoestima numa única fonte de satisfação. Arte. Arte. Arte. Vivíamos o mesmo momento, divergindo totalmente na maneira de enfrentá-lo. De modos diferentes, quase opostos, nenhum de nós havia, até aquele ponto, demonstrado ter o único dom indispensável para se atingir o sucesso artístico, ou seja, o de compor fingindo que está revolucionando.

Acendi novamente o baseado. Estava com medo, ansioso, pessimista e angustiado. A beleza daquela tarde me deprimia. Não conseguia parar de pensar. Percebi que minhas queixas em relação ao passado eram, no fundo, em relação a mim mesmo, em qualquer tempo. Renitentes encarnações anteriores, drenando minhas energias, se intrometendo e barrando o caminho até os verdadeiros problemas. A expectativa da infância, infinita, eternamente promissora, ia sendo confrontada com aquele sombrio desfecho da adolescência. O destino se abria e se fechava, cada vez mais nitidamente. A vida em branco, em preto maldito, funil.

Algumas nuvens passavam ao longe, lentamente. Dilaceradas pela brisa, esgarçavam-se no espaço. E, no entanto, seguiam adiante.

Senti o tempo correndo alucinadamente rápido dentro de mim, ultrapassando minha velocidade real. Eu sempre tive pressa, porém o meu destino não poderia mais ser decidido na base do impulso, do arroubo. Eu sabia que não. Em mim, até a pressa tornara-se um método.

Sorri, melancólico. O perigo era morrer sem viver. Morrer antes de amar sem razão, sem motivo. Antes de amar acima de tudo.

Olhei para o alto, sentado na beira da rampa, tentando fugir de uma súbita vertigem. Piorou. A maconha, a cerveja, a falta de um almoço honesto, o sanduíche, tudo embolou. Vi o céu vazio.

Azul
Sol
Cidade
Futuro
Medo
Céu

Ganância

Caráter

Solidão

Verde

Montanha

Mar

Presente

Uma onda fez meu corpo vacilar. Um formigamento rápido e incontrolável, que subiu das pernas até a cabeça. As cores saíram de registro. O azul ficou azul demais, borrando as fronteiras do céu e do mar; o amarelo do dia ficou amarelo demais, explodindo seu foco redondo e imenso. Minha pele, vermelha, embranqueceu; quente, esfriou. Uma sensibilidade estranha, um sentir ausente. Não era eu tocando as coisas, ou a mim mesmo. Os músculos sem controle. Quis me levantar, mas cambaleei. A consciência prestes a cair. Um teto preto, tomando conta. Fiz força para permanecer enxergando. Lutei contra o meu peso. Do fundo da tontura, senti Virgílio muito longe, solto no ar. Eu preso no chão. Pensei numa queda formidável e numa rotina sem vida. A partir daquele voo, nunca mais seríamos tão próximos. Estávamos condenados agora.

Senti engulhos, e isso fez meu peito se retesar. Tossi, virei o rosto. A barriga se contorceu, a boca se abriu, um jato quente e azedo pulou pra fora, me fazendo tremer com força. Minha alma saiu vomitada, junto com a minha infância, com a rejeição da minha mãe e a distância do meu pai, junto com a bebida, com a perna do mendigo, a maconha e a porra da poesia, alma esguichada pra todo lado, junto com a inveja de Virgílio, e o medo, junto com a história, a vergonha, a carne moída do beija--flor, a curra do filho da empregada e o veneno daquela rampa. Junto com meu futuro e as certezas.

Puxei o ar com sofreguidão. O estômago bombeou novo jorro. Meu pescoço endureceu ao botá-lo para fora. Tomei ar outra vez. Veio um terceiro jorro, mais fraco. Imediatamente meus olhos voltaram a enxergar, minhas mãos reencontraram alguma firmeza.

Suando frio, esgotado, fiquei olhando meu vômito, o abismo. Não sei por quanto tempo.

Onde está escrito que o papel do homem na terra é ser feliz?

ESTA OBRA FOI COMPOSTA POR OSMANE GARCIA FILHO EM ELECTRA
E IMPRESSA PELA GRÁFICA PAYM EM OFSETE SOBRE PAPEL PÓLEN BOLD
DA SUZANO S.A. PARA A EDITORA SCHWARCZ EM MAIO DE 2022

A marca FSC® é a garantia de que a madeira utilizada na fabricação do papel deste livro provém de florestas que foram gerenciadas de maneira ambientalmente correta, socialmente justa e economicamente viável, além de outras fontes de origem controlada.